FRAGMENTS
D'HISTOIRE NATURELLE,

Extraits

DU NOUVEAU MAGASIN DES ENFANTS,

ET ADOPTÉS

Par le Conseil royal de l'Instruction publique

PARIS.

LIBRAIRIE RUE TRONCHET, N. 2.
DEBATTE, RUE PIERRE-SARRAZIN, N. 12

1851.

FRAGMENTS
D'HISTOIRE NATURELLE,

Extraits

DU NOUVEAU MAGASIN DES ENFANTS,

ET ADOPTÉS

Par le Conseil royal de l'Instruction publique.

PARIS.

LIBRAIRIE RUE TRONCHET, N. 2.
HACHETTE, RUE PIERRE – SARRAZIN, N. 12.
1851

Paris. — Typ. de Mme SMITH, rue Fontaine-au-Roi, 18.

NOUVEAU

MAGASIN DES ENFANS.

LA PROMENADE AU JARDIN DES PLANTES

Eh bien! mon cher Edmond, tu rentres bien tard aujourd'hui, dit madame Dorval à son petit garçon; où es-tu donc allé te promener

Edmond. Oh! maman, si vous saviez comme je me suis amusé; mon maître d'écriture a dit à papa que depuis une

201

quinzaine de jours j'étais beaucoup plus appliqué, et que j'écrirais en fin le mois prochain , et , pour me récompenser, papa a eu la bonté de me conduire au Jardin des plantes. Vous savez que je ne l'avais pas encore vu , et que je devais y aller depuis bien long-temps.

Madame Dorval. Vous avez bien pris votre jour; car le temps est très-beau. Je suis charmée que tu aies passé une si jolie matinée , et j'espère que tu vas m'amuser aussi en me racontant tout ce que tu as vu. Assieds-toi sur la petite chaise qui est à mes pieds, et je vais écouter tes récits , tout en faisant mon ouvrage.

Edmond. Savez-vous , maman , j'ai vu tant de choses que je ne sais par où commencer; je crois vraiment qu'il vaudrait mieux n'en pas voir tant à la fois, car on embrouille tout. Aussi papa m'a dit qu'aujourd'hui nous allions tout voir en gros, pour avoir, comme il dit, une idée générale du Jardin des plantes, et puis il m'a promis que si j'étais bien sage, nous y reviendrions de temps en temps pour voir chaque chose en détail.

Madame Dorval. Ce sera très-bien fait, et pour rendre le plaisir plus complet et le faire servir à ton instruction, nous ferons bien de lire ensemble la description des animaux et des plantes que nous irons voir ; je dis *nous*, parce que j'espère bien que je serai de la partie une autre fois.

Edmond. Je l'espère bien aussi, maman, car je me serais encore plus amusé si vous aviez été là : je voulais vous avertir ce matin ; mais papa m'a dit que c'était inutile, que vous aviez des affaires, et que vous ne pouviez pas sortir. C'est bien ennuyeux les affaires, et je suis bien aise que les petits garçons n'aient pas d'affaires qui les empêchent d'aller au Jardin des plantes.

203

Madame Dorval. Es-tu bien sûr que les petits garçons n'aient pas d'affaires, ou du moins qu'ils n'aient rien qui y ressemble , et qui puisse contrarier quelquefois?

Edmond. Ah! je devine, ce sont les leçons qui sont les affaires des petits garçons , et avant - hier lorsque mon oncle voulait m'emmener aux Champs-Elysées, j'ai été bien contrarié d'être obligé de rester pour ma leçon d'écriture; aussi vous m'avez appelé bien vite pour me parler tout bas, et vous avez bien fait, ma chère maman , car je crois bien que sans cela j'aurais mal pris ma leçon , et je ne serais pas allé au Jardin des plantes aujourd'hui.

Madame Dorval. Tu vois, mon cher enfant, qu'il est bon de toutes manières de savoir résister à sa mauvaise humeur. Mais, dis moi donc ce que tu as vu.

Edmond. J'ai vu des lions, des tigres,

204

des ours, des singes, des perroquets et toutes sortes d'oiseaux ; mais ce que j'ai trouvé le plus curieux, c'est l'éléphant et la giraffe. Oh qu'elle est jolie, maman, cette giraffe ! elle a de si beaux yeux, et puis elle est si grande avec son long cou ; elle n'aurait pas besoin d'échelle pour cueillir les cerises. Et l'éléphant, comme il est gros ! Quand je l'ai vu d'abord dans sa maison, je l'ai pris pour une muraille grise, et j'ai été bien étonné, quand j'ai vu marcher cette muraille.

Madame Dorval. Ne trouves-tu pas qu'il est bien adroit avec sa trompe ?

Edmond. Oh oui ! maman, on peut bien le dire qu'il est adroit ; il a débouché une bouteille devant nous et a ramassé une pièce de vingt sous par terre. Il est aussi venu chercher un petit morceau de gâteau dans ma main ; il y avait là une petite fille un peu plus grande que moi qui n'a pas osé s'approcher de lui ; mais moi j'ai bien vu qu'il n'était pas méchant et qu'il ne me ferait pas de mal.

Madame Dorval. Tu ne risquais rien en effet, car l'éléphant ne fait pas de mal, lorsqu'on ne lui en fait pas. On raconte des choses merveilleuses de l'intelligence et de la douceur de cet animal. Je me souviens d'avoir lu quelque part qu'un éléphant avait pris une très-grande affection pour un tout petit enfant, et qu'il arrivait souvent à la nourrice d'ôter l'enfant de son berceau pour le mettre entre les pieds de cet éléphant, qui finit par s'accoutumer si bien à l'avoir près de lui qu'il ne voulait plus manger que lorsqu'il était présent. Quand l'enfant dormait, l'éléphant chassait les mouches avec sa trompe, et lorsqu'il criait, il remuait son berceau pour l'endormir.

Edmond. Il faut convenir que cet enfant avait là une singulière bonne. Papa m'a aussi conté ce matin qu'il y avait, il n'y a pas bien long-temps à Paris, un éléphant dont le cornac était un ivrogne qui s'enivrait presque tous les soirs, et que lorsque son éléphant le voyait dans cet état, il le déshabillait et le mettait dans son lit.

La mère. Cet exemple prouve bien que l'on a raison de dire que lorsque les hommes s'abandonnent à leurs mauvais penchans, ils deviennent comme des brutes et pires que des brutes ; car cet éléphant qui avait ainsi soin de son maître, lorsqu'il avait perdu l'usage de sa raison, était certainement dans ce moment-là supérieur à lui.

Edmond. Maman, combien les éléphans ont-ils de pieds de hauteur ? ils me paraissent si énormes !

La mère. Mon cher ami, tu m'en demandes beaucoup, car je suis assez ignorante en histoire naturelle, comme en beaucoup d'autres choses. Si tu veux sa-

voir ces détails d'une manière exacte,
nous ferons bien de recourir aux livres.
Donne-moi ce volume cartonné en jaune
qui est dans la bibliothèque.

Edmond. Le voilà, maman : tenez, j'ai
ouvert tout juste à l'article de l'éléphant.
Voulez-vous que je vous le lise

La mère. Tu peux du moins m'en
lire quelques morceaux ; commence ici.

Edmond lit : « L'éléphant est le plus
grand de tous les quadrupèdes. C'est
dans les Indes orientales et en particulier dans l'île de Ceylan que se trouvent
les éléphans les plus hauts, tandis que
ceux d'Afrique sont plus massifs. Ils ont
ordinairement de dix à douze pieds de
hauteur ; la longueur de leur tête et de
leur dos est d'environ treize pieds et
celle de leur queue de cinq pieds ; leur
corps a près de six pieds de largeur et
leurs jambes sont très-épaisses. On voit
d'après cette description qu'un éléphant

est près de trois fois aussi gros qu'un bœuf.

« La peau de l'éléphant est d'un gris cendré ; il n'a presque point de poils, à l'exception d'une large touffe sur la tête ; sa queue est terminée par quelques crins aussi forts que du fil de fer. Son dos est très-arqué, et les jointures de ses jambes sont faites de manière à ce qu'il puisse les mouvoir aisément sous un corps aussi monstrueux. Sa grosse tête excite surtout l'étonnement et l'admiration, à cause de ses deux défenses d'ivoire qui ont environ neuf pieds de long, et de sa trompe qui a un développement de huit pieds, et est si mobile que cet animal peut s'en servir aussi adroitement que nous nous servons de nos mains. Sa grande bouche est garnie de plusieurs dents très-larges, et ses yeux sont petits, mais remarquablement brillans et intelligens. »

209

La mère. Eh bien! que penses-tu de cette description? te paraît-elle exacte?

Edmond. Oui, maman, très-exacte : mais je ne comprends pas ce que veu' dire le mot *quadrupède.*

La mère. On appelle quadrupèdes les animaux qui ont quatre pieds, et bipèdes ceux qui n'ont que deux pieds.

Edmond. Ah! je comprends à présent, les bœufs, les chevaux, les chiens, les chats, les moutons et une quantité d'autres animaux sont des quadrupèdes, et il est bien vrai que l'éléphant est le plus grand de tous.

La mère. Si l'on avait dit dans ce livre que l'éléphant était le plus grand de tous les animaux, qu'aurais-tu pensé de cette assertion?

Edmond. J'aurais pensé que le livre se trompait, et qu'il oubliait que les baleines, qui sont aussi des animaux, sont bien plus grosses que les éléphans.

La mère. Tu aurais eu raison, et je crois que tu aurais été bien étonné, et peut-être bien fier d'avoir raison con-tre un livre. Mais voyons, il me semble que ce livre doit contenir encore beau-coup d'autres détails intéressans sur l'éléphant.

Edmond. Oh! papa m'a appris plu-sieurs choses ce matin. Il m'a dit que l'éléphant se nourrissait de racines, d'herbes, de fruits, de blé, de feuilles d'arbres et de jeunes branches, mais qu'il n'aimait ni la chair ni le poisson. Papa m'a fait faire la réflexion que Dieu était bien bon d'avoir permis que les grands animaux, comme les bœufs, les chevaux et les éléphans ne man-geassent que de l'herbe ou d'autres plantes; car s'ils se nourrissaient d'au-tres animaux, ils en détruiraient une terrible quantité. Il a ajouté que nous devions aussi être reconnaissans de ce que les bêtes féroces sont en si petit

nombre sur la terre, en comparaison
des animaux qui sont utiles à l'homme,
comme les chevaux et les bœufs.

La mère. Je suis bien aise de voir
que tu te souviens des bonnes chóses
qu'on te dit, aussi bien que des choses
curieuses qu'on te montre. Il y a bien
des manières de voir, et le même spectacle peut exciter des pensées et des
réflexions bien différentes selon la dis-
position des personnes qui le contem-
plent.

Edmond. Ah! c'est bien vrai, maman.
vous souvenez-vous de ce conte que je
vous ai lu l'autre jour dans les Soirées
au logis, et qui s'appelle *les yeux ouverts
et les yeux fermés, ou l'art de voir ?* Ces
deux jeunes garçons avaient fait la même
promenade, et tandis que le premier
n'avait rien vu d'intéressant et s'était
assez ennuyé, le second revenait les
poches pleines de toutes sortes de cho·

ses curieuses, et avait bien des événe-
mens à raconter.

La mere. C'est aussi ce qu'expriment
d'une autre manière ces beaux vers anglais du poëte Cowper, que ta cousine
Amélie récitait il y a quelques jours, et
que tu l'as priée de te traduire. Te les
rappelles-tu ?

Edmond. Oui, maman : ils disent que
les animaux se contentent de paître sur
les montagnes sans songer à regarder et
à admirer la belle vue qui est devant
eux ; que les hommes admirent le paysage, mais que bien souvent ils ne pensent pas à Dieu qui a fait toutes ces belles choses, tandis que les personnes
pieuses trouvent un grand plaisir à con-
templer les œuvres de Dieu, parce qu'elles aiment Dieu, qu'elles savent que
Dieu les aime, et qu'elles peuvent se
dire : c'est notre Père qui a créé tout
cela.

2}3

La mere Oui, c'est bien là le sens de ces vers, que ta cousine a trouvés si beaux qu'elle a voulu les apprendre par cœur. Tu devais déjà connaître ce morceau, car il a été traduit dans les premiers volumes de l'Ami de la jeunesse.

Edmond. Je le chercherai ce soir.

La mère. Tu feras bien ; mais ne pourrais-tu, sans attendre ce soir, me dire quel profit tu peux tirer de tout ce que nous venons de dire ?

Edmond. Voyons un peu : il me semble d'abord qu'il ne faut pas faire comme les bêtes, qui ne songent qu'à boire et à manger, et qui ne font pas attention à ce qui se passe sous leurs yeux ; ensuite qu'il ne faut pas non plus se contenter d'examiner et d'admirer, mais qu'il faut encore penser au bon Dieu qui a fait tant de belles choses, et le remercier de ce qu'il a créé des animaux si utiles, comme les bœufs, les chevaux, les éléphans et les chameaux, et puis aussi des choses si belles et si agréables à voir, comme ces beaux oiseaux que j'ai vus aujourd'hui. Je ne vous ai pas encore parlé de ces grands cabinets où il y a de si belles choses : vous ne vous imaginez pas, maman, comme tous ces oiseaux empaillés sont beaux ; leurs couleurs sont si brillantes ! Ils sont là perchés sur des espèces de buissons ; on croirait qu'ils vont chanter, et l'on est tout étonné en voyant qu'ils ne sont pas vivans. Ceux que j'aime le mieux sont les colibris et les oiseaux mouches ; ils sont si jolis et si petits !

La mère. Je suis bien aise de voir que tu n'es pas exclusif dans tes goûts ; tu t'enthousiasmais tout à l'heure pour l'éléphant, parce qu'il était si gros, et maintenant tu préfères les colibris, parce qu'ils sont si petits.

Edmond. Est-ce que j'ai tort d'admirer les colibris, maman ?

215

La mère. Non , certainement, mon cher petit ; on ne risque jamais d'avoir tort, quand on admire les ouvrages de Dieu, parce qu'ils sont tous admirables, et ils ont même cela de particulier, que plus on les étudie et les regarde de près, et plus on les trouve beaux.

Edmond. Je me souviens à présent que papa me disait cela ce matin, quand nous regardions les papillons. J'avais bien de la peine à croire que cette espèce de poussière qui est sur leurs ailes fût composée de petites plumes, mais il a promis qu'il me le montrerait dans un instrument qui fait voir les choses beaucoup plus grosses. Ah ! j'ai oublié le nom de cet instrument ; il est si bizarre aussi.

La mère. C'est un microscope , n'est-ce pas ?

Edmond. Oui, maman, je vous suis bien obligé ; car il n'y a rien qui me taquiné comme de chercher un mot que je ne trouve pas.

La mère. Il faut tâcher de ne pas se *taquiner*, comme tu dis, pour si peu de chose. Lorsque ton papa te montrera un papillon au microscope, je t'engage à le prier de te montrer aussi de la même manière une aiguille à coudre, et tu seras tout étonné de voir à la place de cet acier, qui te paraissait si fin et si poli, une barre de fer pleine d'aspérités. On ne saurait examiner de trop près les œuvres de Dieu, parce qu'elles sont parfaites, tandis que les ouvrages des hommes qui nous paraissent les plus admirables, ne peuvent supporter un pareil examen.

Edmond. Maman, savez-vous que nous voilà bien loin de notre pauvre éléphant; puisque je tiens encore le livre à la main, je voudrais pourtant en savoir un peu plus long sur son compte, car quoique les colibris soient bien jolis, après tout, c'est encore de tous les animaux que j'ai vus aujourd'hui celui qui me paraît le plus curieux.

La mère. Rien ne nous empêche de revenir à lui ; continue le morceau que tu as commencé.

Edmond lit : « La force de l'éléphant est si prodigieuse, qu'il peut renverser des murailles et déraciner des arbres en s'aidant de sa trompe et de ses défenses. Il peut porter sur son dos trois ou quatre miliers pesant, et faire sans fatigue vingt ou trente lieues dans un jour. Il peut aussi tirer des poids que six chevaux ne pourraient mouvoir. A cette force étonnante l'éléphant joint le *courage, la prudence* et *l'obéissance.* Comme il ne se nourrit pas de chair, il n'est naturellement l'ennemi d'aucune créature vivante, et lorsque l'homme ou les bêtes ne l'ont pas provoqué, ils n'ont aucun motif de le craindre. Il possède une sagacité surprenante ; et lorsqu'on

l'a une fois dressé, il devient très-sou-
mis et rend de grands services aux habitans des pays où il vit. Au bout de quelque temps, il comprend les signes et
distingue même le son des paroles. Il
reconnaît la voix de son maître, reçoit
ses ordres avec attention, el les exécute
sans se presser, mais avec prudence et
persévérance. On lui apprend aisément
à plier les genoux, afin que son maître
puisse monter sur son dos, et l'on peut
aussi l'accoutumer à soulever des far-
deaux et à se charger lui-même avec sa
trompe.

Il est bien rare de voir les éléphans
sauvages errer seuls dans les forêts; ils
se réunissent au contraire en grandes
troupes, les plus vieux marchent devant,
et ceux qui les suivent par ordre d'âge,
se tiennent à l'arrière-garde, tandis que
l'espace du milieu est occupé par les
jeunes et les faibles. Les mères portent
ceux qui sont tout jeunes serrés dans

leurs trompes. L'éléphant va assez vite pour atteindre l'homme qui marche le mieux ; et si cet homme l'offensait, il le percerait de ses défenses, ou le saisirait et le lancerait contre terre pour l'écraser ensuite avec ses pieds. Comme il a l'odorat extrêmement fin, il sent un homme de très-loin, et le suit à la piste. Ces animaux recherchent les bords des rivières, les vallées ombragées et les terrains marécageux. Ils ne peuvent se passer long-temps d'eau, et avant de la boire, ils se plaisent à la troubler et à l'épaissir avec leurs trompes. Dans les pays chauds, ils plongent souvent dans l'eau ; la masse énorme de leur corps leur donne une grande facilité pour nager, et ils le font toujours en tenant leur trompe en l'air.

Un éléphant *domestique* fait plus de travail pour son maître que cinq ou six chevaux ; mais il lui faut beaucoup de nourriture. On le nourrit ordinairement avec du foin, de la paille, des végétaux, et du riz cru ou bouilli mêlé avec de l'eau ; il faut environ cent livres de riz par jour pour le maintenir en bonne santé. Quand on les soigne bien, les éléphans vivent très-long temps ; les auteurs diffèrent cependant beaucoup sur ce point, les uns prétendant qu'ils vivent deux ou trois cents ans, tandis que les autres ne parlent que de cent vingt ou cent cinquante ans. Ces derniers paraissent être plus près de la vérité.

« On trouve dans le 40ᵉ chapitre du livre de Job, la description d'un animal merveilleux, appelé BEHEMOTH, et cette description a été regardée, par un grand nombre d'auteurs, comme celle de l'éléphant, tandis que d'autres l'ont appliquée à l'hippopotame, ou au rhinocéros ; nous engagerons nos lecteurs à lire attentivement cette description remarquable, en la comparant avec ce que

nous venons de leur apprendre de l'éléphant, ils seront sûrement frappés de ce
passage : « Son nez passe au travers des
empêchemens qu'il rencontre, » car il
paraît s'appliquer merveilleusement à la
trompe de l'éléphant.

» Nous voyons dans le premier livre des
Macchabées qu'il y avait dans l'armée
du roi Antiochus des éléphans qui por-
taient sur leurs dos des tours de bois,
remplies de guerriers qui lançaient des
flèches et des javelots. On emploie encore aujourd'hui les éléphans au même
usage en Orient ; un éléphant porte
ainsi jusqu'à trente-deux soldats sur
son dos. »

Maman, l'article finit là.

La mère. Eh bien ! mon cher ami,
je pense que tu sais à peu près ce que
tu desirais savoir sur l'éléphant. Quand
tu seras un peu plus grand, si tu con-
serves ton goût pour l'histoire naturelle
et ta prédilection pour l'éléphant, tu

pourras étudier des livres plus profonds sur ce sujet.

Edmond. Maman, on croirait presque que vous vous moquez de moi.

La mère. On se tromperait fort, mon cher enfant ; je t'assure que c'est au contraire pour moi un sujet de joie et de reconnaissance envers Dieu, que de te voir t'occuper de choses vraiment intéressantes, et qui peuvent t'être utiles sous tant de rapports.

Edmond. Maman, vous avez dit que j'avais du goût pour l'histoire naturelle, et je ne sais pourtant pas bien clairement ce que c'est que *l'histoire naturelle.*

La mère. C'est la science qui nous apprend à connaître les objets de la nature, c'est-à-dire les créatures de Dieu, puisque c'est ce grand Dieu qui a créé tous les êtres, et qui les conserve par sa Providence.

Edmond. Alors vous avez bien raison

225

de dire que j'aime l'histoire naturelle, car il me semble qu'il n'y a rien de si amusant que de connaître les animaux, de savoir comment ils se nourrissent, les ouvrages qu'ils font, les pays qu'ils habitent et beaucoup d'autres choses encore. Savez-vous, maman, ce qui me décourage un peu, c'est qu'il me semblé qu'il y a tant de choses à apprendre que je ne saurais par où commencer.

La mère. Je comprends très-bien ton embarras, il n'y a que Dieu qui puisse tout voir à la fois d'un seul coup d'œil, et en distinguant jusqu'aux plus petits détails. Quant aux hommes, lorsqu'ils veulent avoir des idées nettes, il faut qu'ils commencent par partager en différentes classes ce qu'ils veulent apprendre. Ainsi, par exemple, quand on veut étudier les objets de la nature, on commence par les diviser en trois grandes classes qu'on appelle règnes

Edmond. Et comment appelle-t-on ces règnes, je vous prie ?

La mère. On les appelle : le règne minéral, qui comprend les pierres et les métaux, c'est-à-dire l'or, l'argent, le fer, le cuivre, etc. ; le règne végétal, qui comprend tout ce qui végète, c'est-à-dire tout ce qui pousse dans la terre, comme les plantes, les arbres, les légumes : et enfin le règne animal, qui renferme tous les êtres qui ont la vie, c'est-à-dire tous les animaux. M'as-tu bien comprise ?

Edmond. Oui, maman; vous allez voir. Mon encrier de plomb est du règne minéral, ainsi que la pièce de vingt sous qui est dans ma bourse, et le marbre de la cheminée; le rosier qui est sur la fenêtre est du règne végétal, et le petit serin, qui est dans la cage, est du règne animal. N'est-ce pas cela, maman?

La mère. Si fait, vraiment, et je vois que tu as bien écouté. Et mon petit Ed-

mond qui babille si bien, de quel règne
est-il?

Edmond. Ah! maman, voilà une
question assez embarrassante : je ne
suis pas une pierre, je parle trop pour
cela; je ne suis pas non plus une plante,
je change trop souvent de place; il faudra donc que je sois un animal; c'est
désagréable pourtant d'être rangé avec
les bêtes. Est-ce qu'il n'y aurait pas une
autre petite place, où l'on pût se mettre
pour éviter cela?

La mère. On dit bien généralement,
mon enfant, que l'homme est un animal raisonnable; mais je serais assez
d'avis, comme toi, de faire une classe
à part pour l'être que Dieu a créé,
en disant : «Faisons l'homme à notre image et à notre ressemblance;»
auquel il a donné une âme immortelle,
capable de le connaître et de l'aimer,
et pour lequel il a fait plus encore que
tout cela.

Edmond. Et quoi donc, maman ?

La mère. Ne le sais-tu pas, mon enfant ? Que dit le verset que tu m'as répété ce matin ?

Edmond. « Dieu a tant aimé le monde, qu'il a donné son fils unique, afin que quiconque croit en lui, ne périsse pas, mais qu'il ait la vie éternelle. »

La mère. Puisque Dieu a tant aimé les hommes, qu'il a envoyé son fils unique, le Seigneur Jésus-Christ, pour les racheter au prix de son sang, c'est-à-dire en se laissant crucifier, pour effacer leurs péchés et les faire entrer dans le ciel, on peut bien faire de l'homme une classe à part. Mais, mon cher enfant, voilà bien long-temps que nous causons, et je crains que ta petite tête ne soit fatiguée.

Edmond. Pas du tout, maman, et j'aimerais bien que vous me dissiez encore quelque chose de l'homme, et puis des animaux.

La mère. Nous pourrons revenir là-dessus une autre fois; mais pour le moment va voir si ton père est prêt pour le dîner.

———

NOUVEAU

MAGASIN DES ENFANS.

L'AUTRUCHE.

On était en hiver; madame de Valmont travaillait à côté d'une petite table,
sur laquelle était posée une lampe, et
son mari assis auprès de la cheminée
parcourait un journal, tandis que leurs
deux enfans Henri et Mathilde s'amu-

saient à regarder des estampes, dont ils
demandaient de temps en temps l'ex-
plication à leur mère. Le journal et le
livre d'estampes furent finis et posés à
peu près en même temps, et les deux
enfans prièrent leur père de leur raconter une histoire. Je le veux bien,
mes enfans, répondit M. de Valmont;
d'autant plus que vous avez été fort
sages; vous m'avez laissé lire mon journal bien tranquille, et lorsque vous avez
eu des explications à demander à votre
maman, vous avez parlé tout bas. Je
vous raconterai, si vous voulez, une histoire assez curieuse sur les autruches,
que j'ai lue il y a quelques temps dans
un journal. Oui, papa, oui, papa, s'é-
crièrent les deux enfans, et le papa
commença aussitôt son histoire.

Un Anglais, dont j'ai oublié le nom,
et que nous appellerons, si vous voulez,
M. Smith, voyageant il y a quelques
années en Égypte, désira aller voir de

ruines célèbres, situées à une assez grande distance de la ville dans laquelle il se trouvait; et comme il fallait traverser un grand désert, il commença par chercher un bon guide. Tu ne sais guère ce que c'est qu'un désert : n'est-ce pas, Henri ?

Henri. Si fait, papa : c'est un endroit où il n'y a ni ville, ni village, ni terrain cultivé, et où l'on ne rencontre personne.

Monsieur de Valmont. C'est assez cela; mais dans un pays tel que celui que nous habitons, il est bien difficile de se former une idée juste de tout ce qu'un voyage dans le désert peut avoir de pénible et de dangereux. J'ai lu ces jours-ci une description du désert, qui doit être bien exacte, car elle a été écrite par un célèbre voyageur, M. Belzoni, qui a traversé un grand désert situé à l'occident de la mer Rouge, vis-à-vis celui dans lequel les Israélites errèrent

pendant quarante ans avant d'arriver
au pays de Canaan.

Mathilde. Papa, ne pourriez-vous pas
nous lire cette description ; elle doit-
être bien curieuse.

Monsieur de Valmont. Je le veux bien,
mon enfant, d'autant plus que lorsque
vous aurez une idée juste de ce qu'est un
voyage dans le désert, vous comprendrez
beaucoup mieux mon histoire. Henri,
donne-moi le livre qui est ouvert sur
mon bureau... Cet ouvrage est en anglais,
et je vais vous traduire les passages les
plus intéressans. « Un désert est une
plaine sans bornes de sable et de pierres, qui est quelquefois entre-coupée de
montagnes de toutes les formes et de
toutes les hauteurs, mais où l'on ne
voit ni chemin ni abri d'aucune espèce.
Lorsque la saison des pluies a laissé un
peu d'humidité, on voit çà et là des arbres et des ronces qui servent à la nourriture de quelques animaux sauvages et

194

de quelques oiseaux ; mais tout est abandonné à la nature : les habitans qui errent dans ces déserts ne se donnent pas la peine de cultiver ce petit nombre de plantes , et quand ils n'en trouvent plus dans un endroit , ils vont dans un autre. Lorsque ces arbres deviennent vieux, le soleil, qui darde continuellement ses rayons sur eux, les brûle et les réduit en cendres. J'en ai vu plusieurs entièrement consumés. Il n'y a généralement dans ces déserts que bien peu de sources ; elles se trouvent à la distance de quatre, six et huit journées de voyage les unes des autres , et il arrive souvent que leur eau est amère ou salée, et ne sert qu'à accroître la soif et la souffrance des pauvres voyageurs ; mais lorsque le puits auquel ils sont impatiens d'arriver se trouve à sec, leur misère est au-dessus de toute description. Les chameaux, qui sont leur seule ressource pour sortir de ces solitudes, sont tellement altérés qu'ils ne peuvent marcher jusqu'à un autre puits: et si les voyageurs les tuent pour s'emparer du peu de liquide qui reste encore dans leur estomac, ils s'ôtent la possibilité de continuer leur voyage. C'est alors que l'on sent réellement le prix d'un verre d'eau; celui qui en possède quelques gouttes est le plus riche de tous. Quelle situation que celle d'un homme à qui appartiennent peut-être toutes les richesses de la caravane et qui meurt de soif, et offre en vain d'échanger tout ce qu'il possède contre un peu d'eau. Se trouver au milieu d'un désert, altéré et sans eau, exposé à l'ardeur du soleil sans abri, et sans espérance d'en trouver un, est la situation la plus terrible dans laquelle un homme puisse se trouver : les yeux deviennent ardens; la langue et les lèvres s'enflent, on a dans les oreilles un bourdonnement qui finit par produire la surdité, et le cerveau s épaissit et s'enflamme. An sein de cette affreuse misère, les sables présentent à peu de distance du voyageur l'apparence trompeuse d'un lac ou d'une rivière d'une eau fraîche et limpide : celui qui n'est pas averti double le pas pour y arriver; mais à mesure qu'il avance, l'objet qu'il poursuit recule et finit par s'évanouir entièrement, et le malheureux, qui meurt de soif, se demande ce qu'est devenue cette rivière qu'il voyait si près de lui ; il peut à peine se persuader qu'il s'est trompé, et il proteste qu'il a vu couler de l'eau dans laquelle se réfléchissaient les rochers. »

Henri. Ce que vous venez de lire est bien singulier, papa · d'où vient donc que les voyageurs croient voir de l'eau là où il n'y en a pas?

Monsieur de Valmont. Ce phénomène, qu'on appelle le mirage, est un effet de la chaleur sur la couché inférieure de l'atmosphère, qu'il me serait

197

bien difficile d'expliquer assez clairement pour te le faire comprendre ; mais
ce qu'il y a de bien sûr, c'est que cet
effet a été souvent produit, et qu'il a
ajouté à l'angoisse de bien des pauvres
voyageurs. Que penses-tu maintenant
d'un voyage dans le désert, mon pauvre
Henri ? Es-tu tenté d'envier ce plaisir à
cet Anglais dont nous avons commencé
l'histoire ?

Henri. Non, en vérité, papa, et je
pense que nous sommes bien heureux
d'habiter un pays où l'on trouve partout
des terrains cultivés, des villages, des
auberges et de l'eau en abondance.

Madame de Valmont. Et ne sentez-
vous pas aussi, mes enfans, que nous
avons bien sujet d'admirer la sagesse et
la bonté de Dieu, qui a rendu aussi com-
mune une chose aussi indispensable que
l'eau ?

Mathilde. Vous avez bien raison, maman : que deviendraient les pauvres

gens, si l'eau était aussi rare et aussi chère que le vin! Mais, papa, parlez-nous, je vous prie, de M. Smith; il me tarde bien de savoir comment il se tirera de son désert.

Monsieur de Valmont. Nous reviendrons à lui tout à l'heure; mais je voudrais auparavant vous lire encore un passage sur les tempêtes qui s'élèvent quelquefois dans les déserts, et qui portent à son comble la détresse des pauvres voyageurs. « Des vents violens enlèvent dans les airs d'épais nuages de poussière, qui retombent comme une pluie, et pénètrent dans les yeux, le nez et les oreilles de ceux qui s'y trouvent exposés. D'autres fois le sable s'amasse en monceaux, et lorsque le vent se lève et le disperse, il n'y a plus moyen de distinguer le chemin que l'on doit suivre, et des caravanes entières périssent au milieu des déserts. Telle était la pluie de poussière et de sable dont Moïse me-

199

naçait, au nom de Dieu, les Israélites rebelles dans le vingt-huitième chapitre du Deutéronome. »

Henri. Eh bien ! papa, je n'aurais jamais cru que l'on pût courir de tels dangers dans des voyages sur terre : je vois maintenant que les marins ne sont pas les seuls qui risquent de mourir de faim et de soif, et de périr dans les tempêtes; je ne me plaindrai plus, comme je le faisais, l'autre jour, pour avoir reçu une averse un peu forte.

Monsieur de Valmont. Tu feras fort bien d'avoir un peu plus de patience et de courage ; c'est une bonne leçon à tirer de ce que nous venons de lire. Nous avons dit que le premier soin de M. Smith avait été de se procurer un bon guide ; il se munit aussi d'outres remplies d'eau, et des autres provisions nécessaires pour son voyage, et tous deux se mirent en route montés sur de bons chevaux.

200

Mathilde. Papa, qu'est-ce que c'est qu'une outre

Monsieur de Valmont. C'est une espèce de grande bouteille en cuir, dont se servaient autrefois les Juifs, et qu'employent encore aujourd'hui les peuples de l'orient et ceux du midi de l'Europe. Au bout de deux ou trois journées de voyage dans le désert, M. Smith rencontra des chasseurs qui accoururent à lui en le suppliant de leur donner un peu d'eau, car leur provision était épuisée, et ils souffraient horriblement de la soif. M. Smith touché de leur détresse partagea l'eau qu'il avait avec ces pauvres gens, et ils furent tellement reconnaissans de sa bonté, que le chef de la troupe le supplia d'accepter deux belles autruches bien dressées pour la chasse, et lui dit qu'il habitait ordinairement le village dans lequel il se rendait, et qu'il n'avait qu'à aller trouver sa femme qui le recevrait comme un frère. M. Smith,

201

qui pensait que ces deux autruches ne
seraient guère qu'un embarras pour lui,
était assez disposé à refuser ce présent ;
mais son guide l'en empêcha, en lui re-
présentant que ce serait faire une grave
insulte à ces pauvres chasseurs ; et que
d'ailleurs ces autruches ne leur donne-
neraient aucun embarras, et leur seraient peut-être utiles. On se sépara
donc avec beaucoup d'expressions de
reconnaissance de part et d'autre, et
M. Smith laissa les chasseurs poursuivre
leurs projets de chasse pour continuer
sa route à travers le désert. Avant la fin
de la seconde journée, le guide s'aper-
çut avec autant de douleur que d'effroi,
que leurs chevaux accablés de fatigue
leur refuseraient bientôt le service; celui
de M. Smith succomba en effet au bout
de quelques momens, et celui du guide
tomba sans force à côté de son compa-
gnon, et il fut impossible de le faire re-
lever. D'après la description que nous

avons lue, vous devez comprendre, mes
enfans, que la position de nos voyageurs était affreuse ; ils se trouvaient au
milieu d'un vaste désert, sans montures
et accablés de fatigue : lors même qu'ils
auraient pu marcher dans ces sables
mouvans qui leur brûlaient les pieds,
il leur aurait fallu plus de dix journées
pour atteindre le premier village, et ils
n'avaient d'eau et de provisions que
pour les trois ou quatre journées qui
leur restaient à faire à cheval. Tandis
que M. Smith se désolait et priait Dieu
de venir à son aide, le guide lui dit tout
à coup avec une expression de joie qui
lui causa une grande surprise : « Il nous
reste une ressource, et j'espère qu'elle
ne nous manquera pas ; ne voyez-vous
pas venir nos deux autruches qui nous
ont si bien suivis jusqu'ici. J'ai ouï dire
qu'on se servait souvent de ces animaux
comme de montures ; nous ne risquons
rien d'essayer de grimper sur leurs cous ·

car si ce moyen ne nous réussit pas, notre mort est inévitable. Aussitôt nos deux voyageurs détachent de dessus les chevaux la petite outre qui contenait le précieux reste de leur eau, et leur paquet de provisions ; et lorsqu'ils sont parvenus à les attacher solidement sur les autruches, ils essaient de se hucher sur ces pauvres bêtes, qui étaient si bien dressées, qu'elles les laissèrent faire sans la moindre résistance. Voilà donc M. Smith et son guide a califourchon sur les grands cous de leurs autruches, qu'ils tenaient embrassés bien serrés ; car ces oiseaux ont la trot assez dur, et s'ils ne s'étaient pas bien tenus, ils auraient bien pu descendre plus vite qu'ils n'étaient montés.

Henri. Ah ! papa, qu'elle drôle de tournure devaient avoir ces deux hommes ; j'aurais voulu les voir passer ; je crois qu'ils m'auraient bien fait rire.

Mathilde. Et moi je suis bien con-

tente de les voir hors de danger, car
j'étais en peine pour eux, et je croyais
qu'il faudrait les voir mourir de soif
dans ce désert, ce qui aurait été bien
triste. Mais firent-ils leur voyage heureusement sur ces montures d'une nouvelle espèce?

Monsieur de Valmont. Le plus heureusement du monde, et beaucoup plus
vite qu'ils ne l'auraient fait sur leurs
chevaux, car ils arrivèrent dès le lendemain au village des chasseurs, et
furent très-bien reçus par la femme de
leur chef, qui ne put douter de la vérité
de ce qu'ils racontèrent, lorsqu'elle les
vit arriver sur les autruches de son
mari.

Mathilde. Papa, j'aime beaucoup
cette histoire, et je veux tâcher de
m'en souvenir, pour la raconter à mes
cousines, la première fois qu'elles vien-
dront nous voir.

Madame de Valmont. Ce sera très·
205

bien fait ; mais il serait bon aussi d'examiner si elle ne peut pas donner lieu à
quelques bonnes réflexions.

Henri. Il me semble qu'elle prouve
qu'un bienfait n'est jamais perdu, et
qu'il ne faut pas être égoïste ; car si
M. Smith avait refusé de donner de l'eau
aux chasseurs, dans la crainte d'en manquer plus tard pour lui-même, il n'aurait pas eu les autruches, et il serait
mort misérablement dans le désert.
Papa, ne pourriez-vous pas nous donner quelques détails sur les autruches :
j'en ai vu au jardin des Plantes ; mais
je ne sais pas grand' chose sur leur manière de vivre.

Monsieur de Valmont. Puisque tu as
vu des autruches, tu sais déjà qu'elles
tiennent pour ainsi dire le milieu entre
les quadrupèdes et les oiseaux, puisqu'elles marchent et courent comme
les chevaux, et qu'elles ont des ailes,
qui ne leur servent point à voler, mais

206

qui sont plutôt des espèces de voiles, qui ajoutent beaucoup à la rapidité de leur course, lorsqu'elles les déploient contre le vent. L'autruche a généralement de six à huit pieds de hauteur; son énorme cou est couvert de poils, ainsi que sa tête, qui est fort menue. Ses yeux sont presque aussi grands que les nôtres, et ils ont une paupière mobile et garnie de cils. Ses jambes, qui sont très-hautes et couvertes d'écailles, sont terminées par des pieds de corne, semblables à ceux des chameaux, et qui ont des griffes très-fortes; ses ailes sont aussi armées, à leur extrémité, de deux ergots qui lui servent de défense. L'autruche est extrêmement vorace; elle avale tout ce qu'elle trouve, comme du cuir, de l'herbe, du fil et du fer.

Henri. Je ne suis pas étonné alors si l'on dit de quelqu'un qui mange beaucoup, et qui digère toutes sortes d'ali-

mens, qu'il a un estomac d'autruche.
Mais, papa, si, comme nous l'avons
vu dans votre histoire, les autruches
courent plus vite que les chevaux, comment peut-on faire pour les attraper ?

Monsieur de Valmont. On emploie
divers moyens : les chasseurs, qui les
poursuivent sur des chevaux de la plus
grande vitesse, ont la précaution de les
pousser contre le vent, et de lâcher aux
trousses des autruches des lévriers, qui
leur coupent le chemin et les arrêtent
un peu.

Madame de Valmont. J'ai lu quelque
part que les chasseurs emploient aussi
quelquefois une ruse assez plaisante
pour s'emparer des autruches: ils se re-
vêtent d'une peau d'autruche, élèvent
et réunissent leurs bras dans le cou, et
le font jouer, ainsi que la tête et les
autres membres, à la manière des véri-
tables autruches; celles qu'ils veulent attraper approchent ou se laissent appro-

cher sans défiance, et elles se trouvent prises à l'improviste.

Mathilde. Et à quoi servent donc les autruches, que l'on se donne tant de peine pour les prendre ?

Madame de Valmont. Elles ont surtout du prix à cause de leurs plumes, qui servent à la parure des femmes : toutes ces plumes blanches et de diverses couleurs que tu vois sur les chapeaux sont des plumes d'autruche. Celles des mâles sont les plus estimées, parce qu'elles sont plus larges et plus épaisses, et qu'elles se teignent mieux que celles des femelles.

Henri. Papa, ce gros œuf que vous m'avez fait remarquer, il y a quelque temps, chez ce pharmacien qui demeure au bout de notre rue, était un œuf d'autruche, n'est-ce pas ?

Monsieur de Valmont. Oui, mon ami ; tu peux te souvenir qu'il était aussi gros que la tête d'un petit enfant. Les au-

truches pondent plusieurs fois dans l'année, et chaque fois elles font douze à
quinze de ces gros œufs, qu'elles dé-
posent dans le sable, pour que le soleil
les échauffe. La coque de ces œufs ac-
quiert avec le temps une si grande du-
reté qu'on la travaille comme l'ivoire,
et qu'on en fait des coupes très-so-
lides.

Madame de Valmont. Je crois me souvenir qu'il est parlé de l'autruche dans
le livre de Job, qui contient des descriptions si remarquables de plusieurs animaux. Donne-moi ma petite Bible,
Mathilde ; je vais chercher le passage,
et tu nous le liras.... Tiens, c'est ici au
chapitre XXXIX, verset 16, jusqu'au
verset 22.

Mathilde lit : « As-tu donné aux paons
ce plumage qui est si brillant, ou à l'autruche les ailes et les plumes ? Néan-
moins elle abandonne ses œufs à terre,
et les fait échauffer sur la poussière ; et

elle oublie que le pied les écrasera, ou que les bêtes des champs les fouleront. Elle se montre cruelle envers ses petits, comme s'ils n'étaient pas à elle, et son travail est souvent inutile ; et elle ne s'en soucie point ; car Dieu l'a privée de la sagesse, et ne lui a point donné l'intelligence. A la première occasion, elle se dresse en haut, et se moque du cheval et de celui qui le monte. »

Monsieur de Valmont. Ces derniers mots expriment d'une manière bien frappante ce que fait l'autruche, lorsqu'elle craint quelque danger ; elle se dresse sur ses pieds, déploie ses ailes, et se met à courir avec une si grande rapidité, que le meilleur cheval ne peut l'atteindre. Un fait qui prouve bien la vérité de ce qui est dit ici, que Dieu n'a point donné d'intelligence aux autruches, c'est qu'il leur arrive souvent, lorsqu'elles sont poursuivies, de cacher leur tête dans un buisson, et de s'ima-

giner qu'elles sont en sûreté, parce
qu'elles ne voient plus le danger.

Mathilde. Elles font comme mon
petit cousin Alfred, qui met sa main
sur ses yeux, et qui s'imagine qu'il est
bien caché. Mais, papa, savez-vous
qu'il est bien mal à l'autruche d'abandonner ses œufs dans le sable, et de ne
pas s'inquiéter si on les écrasera? Ce
n'est pas ainsi que se conduit ma belle
poule blanche lorsqu'elle couve ses œufs;
elle ne les quitte pas un instant, et si
on n'avait pas bien soin de lui apporter
sa nourriture, je crois qu'elle mourrait
de faim, plutôt que de quitter ses
petits.

Madame de Valmont. Aussi la poule
n'est-elle pas seulement l'emblème de
l'amour maternel, mais d'un amour
encore plus tendre que celui-là.

Mathilde. Est-ce qu'il y a un amour
encore plus tendre que celui des mères
pour leurs enfans?

Madame de Valmont. Oui, ma chère fille; il y a l'amour de Celui qui a dit : « La femme peut-elle oublier son enfant qu'elle allaite? Mais quand les femmes les auraient oubliés, encore ne t'oublierai-je pas moi. » L'amour du Seigneur Jésus, qui en voyant cette Jérusalem dont les habitans allaient bientôt crier : « Crucifie, crucifie », a pleuré sur elle, et a dit : « Combien de fois ai-je voulu rassembler tes enfans, comme la poule rassemble ses poussins sous ses ailes! cr vous ne l'avez pas voulu. »

NOUVEAU

MAGASIN DES ENFANTS.

LES BAINS DE MER.

PREMIÈRE PARTIE.

Les bains de mer ! voici un titre qui va
faire sourire bien des enfants de ma connaissance, et qui, en leur rappelant d'a-
gréables souvenirs, les disposera favora-
blement pour mon histoire. Quel remède
plus à la mode aujourd'hui que les bains

de mer? Dès que le mois de juillet arrive, avec son beau soleil et sa vivifiante
chaleur, les chemins se couvrent de voi-
tures de toute espèce qui transportent des
familles entières auprès de ces eaux salutaires, où grands et petits, jeunes et
vieux, vont chercher la guérison de leurs
maux, ou un accroissement de vigueur
et de santé. Tout cela est très bien, et
nous n'avons pas le plus petit mot à dire.
Il est bon de quitter les villes en été,
pour aller respirer l'air plus pur de la
campagne, et nous ne saurions blâmer
ceux qui désirent ajouter à cet avan-
tage celui de bains salubres et fortifiants.
Mais ce que nous ne saurions approuver,
c'est cette habitude si déplorable, et si
générale cependant, de jouir des dons de
Dieu, sans songer à le remercier de ce
que sa sagesse et sa bonté nous préparent
continuellement des remèdes pour nos
maladies, des vêtements pour notre nu-
dité, de belles vues pour nos yeux,

des sons agréables pour nos oreilles, dé
doux parfums pour notre odorat, et des
aliments agréables pour notre goût. Ce
dernier article n'est probablement pas
celui auquel mes petits lecteurs sont le
moins sensibles, et pourvu que cela n'aille
pas jusqu'à la gourmandise, je ne leur
ferai sûrement pas un tort de jouir de ce
que Dieu a créé de bon pour les petits
aussi bien que pour les grands. Ce que je
voudrais, en cela comme en toutes choses,
c'est qu'on sût jouir avec reconnaissance;
et avant de raconter la longue histoire
que mon titre a promise, je demanderai
la permission d'en dire une toute petite qui
pourra peut-être suggérer quelques bonnes
réflexions. Dans une famille dont je tairai
le nom, par la bonne raison qu'on ne me
l'a pas appris, un petit garçon remarquant
un jour que sa mère était la seule qui dît
tout bas une courte action de grâces au
commencement du repas, s'écria dans sa
simplicité : « Mais je ne vois pas pour-

quoi tout le monde ne dit pas : « Bien obligé au bon Dieu. » A compter de ce jour, la prière se dit tout haut pour tout le monde. Eh bien ! mes chers lecteurs, pour en revenir à nos bains de mer, plusieurs d'entre vous en ont sûrement pris cette année, plusieurs en ont ressenti les bons effets ; en est-il beaucoup qui aient songé à dire : « Bien obligé » au bon Dieu de cette vaste et magnifique baignoire qu'il a bien voulu leur préparer ?

Venons maintenant tout de bon à notre histoire ; car il n'est si bonne préface dont lecteurs grands et petits ne voient avec plaisir arriver la fin. Vous saurez donc, mes chers enfants, que le 10 juillet 1837, vers cinq heures du soir, l'intérieur d'une diligence qui partait de Paris pour la Normandie se trouva rempli par la famille de madame Mercourt, qui s'était décidée à aller passer quelques semaines dans un petit port de mer de

Normandie pour faire prendre des bains
de mer à sa petite Marie, âgée de quatre
ans, qui, à la suite d'une maladie, était
restée dans un état de faiblesse alarmant.
Eugénie, âgée de onze ans, et son frère
Gustave, qui n'en avait que huit, avaient
été charmés d'être du voyage; la bonne
et la cuisinière complétaient la voitu-
rée.

Le voyage se passa à merveille; car
les jeunes voyageurs, qui n'étaient jamais
allés beaucoup plus loin que Saint-Cloud
et Versailles, étaient tout yeux et tout
oreilles, et ne cessèrent de regarder et
de questionner que lorsque la nuit vint
mettre obstacle à leur curiosité, et que
le mouvement et la fatigue les plongèrent
tous dans un profond sommeil. Le lendemain, quand la petite troupe ouvrit les
yeux, on était dans une belle vallée de
Normandie. Gustave était tout fier d'a-
voir fait tant de chemin. Mes camarades

n'oseront plus dire à présent que je ne
connais que les ruisseaux de Paris, s'é-
cria-t-il d'un air triomphant, et je pourrai, comme les autres, raconter mes
voyages dans les provinces et les départements de la France; et aussitôt, comme
préface à ces pompeux récits, il étala sa
science, en apprenant à sa petite sœur
que Rouen était la capitale de l'ancienne
province de Normandie, et en lui nom-
mant les départements qu'on en avait
formés avec tous leurs chefs-lieux. La
petite Marie l'écouta en bâillant; car elle
n'était pas encore bien réveillée, et cependant elle était déjà plus occupée de l'envie
de déjeuner que du désir de profiter des
connaissances géographiques de son savant frère. Mais Eugénie rappela à sa
petite sœur qu'avant de déjeuner ils
avaient la bonne habitude de prier en
commun, et que le voyage était d'autant
moins une raison de négliger ce devoir,
qu'ils avaient à remercier Dieu d'avoir

exaucé la prière qu'avait faite en par-
tant leur bonne mère, en les préservant
de tout danger pendant la nuit, et à lui
demander de continuer à les protéger
pendant le reste du voyage. C'est bien
dit, chère Eugénie, s'écria Gustave, tu
as toujours plus d'esprit que nous; mais
aussi, vois-tu, c'est que tu es la plus grande; tu verras comme je serai sage quand
j'aurai onze ans. Le voyage s'acheva sans
le plus léger accident, ce qui ne laissa pas
que de causer quelque regret à Gustave,
qui pensait qu'un événement aurait fait
un très bel effet dans le récit qu'il devait
faire à ses camarades.

Nos voyageurs étaient à peine arrivés
dans le petit appartement qu'on leur avait
loué, que Gustave tourmentait déjà sa
maman pour aller à la plage. On avait sa-
lué la mer par de grands cris de joie lorsqu'on l'avait aperçue du haut de la colline qui domine la petite ville de ***, et
103

maintenant on la voyait bien plus rappro-
chée, mais pas encore assez au gré de
l'impatient Gustave, qui avait le défaut,
trop commun chez les enfants, de vouloir
ce qu'il voulait tout de suite, sans mettre
en ligne de compte ce que voulaient les
autres, et ce qu'exigeaient la raison et
le devoir. Il se mit donc à tirailler la robe
de sa mère qui causait avec son hôtesse
des arrangements à prendre pour leur
établissement, et lui répéta bien dix fois :
« Maman, allons à la plage, je vous en
prie, allons-y tout de suite ; » mais sa
mère lui imposa silence, et déclara d'un
ton doux, mais ferme, qu'elle n'irait pas
à la plage avant une heure et demie, et
qu'elle n'emmènerait que les enfants sages. Gustave savait que le *oui* de sa mère
était *oui*, et son *non*, *non*, et qu'il serait
parfaitement inutile d'insister ; mais il
n'eut pas assez de raison pour se soumettre gaiement, et au lieu de chercher
quelque occupation qui pût faire passer le

temps qu'il avait à attendre d'une manière utile et agréable, il alla s'asseoir
dans un coin d'un air boudeur. Heureusement Eugénie qui avait pris beaucoup
d'ascendant sur lui par sa raison et par
l'égalité de son caractère, ne l'y laissa
pas longtemps tout seul; et lorsque
madame Mercourt eut fini sa conversation avec son hôtesse, elle vit ses enfants
fort occupés à déballer et à ranger leurs
livres et leurs joujoux. On regardait pourtant de temps en temps la vieille pendule
placée dans la grande pièce qui devait
servir tout à la fois de salon et de salle à
manger, et lorsque, quelques minutes
avant le moment indiqué, madame Mercourt dit qu'on pouvait se préparer à
sortir, les trois enfants ne se le firent pas
dire deux fois.

Madame Mercourt pensait, avec raison, que les parents et les maîtres doivent
exiger l'obéissance des enfants, sans se

croire obligés de leur expliquer, *en toute occasion*, les motifs des ordres qu'ils leur donnent ; mais elle croyait aussi qu'il était bon de leur apprendre *souvent* ces motifs pour affermir leur confiance dans la sagesse et l'affection des personnes qui les élèvent, et rendre ainsi leur obéissance plus volontaire et plus douce. Après avoir dit quelques mots à Gustave sur son impatience, elle expliqua à ses enfants qu'elle avait désiré attendre pour les mener à la plage, pour la première fois, que la mer fût aussi haute que possible, afin de les faire jouir complétement de ce beau spectacle ; et Gustave, honteux d'avoir murmuré dans son cœur contre sa mère, au moment où elle s'occupait de son plaisir, lui promit qu'à l'avenir il tâcherait d'avoir plus de patience et plus de confiance dans sa bonté.

Nous n'essaierons pas de faire ici une pompeuse description de cette belle mer,

qui vint bientôt briser ses grandes vagues
blanches aux pieds des enfants surpris et
charmés. Ceux qui l'ont vue en savent
autant que nous sur cet admirable spec-
table ; ceux qui ne l'ont pas vue ont déjà
lu bien des descriptions, une de plus ne
leur ferait pas mieux connaître cette
merveille de la puissance de Dieu, qu'il
faut voir de ses yeux pour s'en faire une
juste idée. Nous avons dit que nos enfants
en furent charmés autant que surpris ;
mais, pour être parfaitement exact, il
faut excepter notre petite Marie, qui fut
d'abord un peu effrayée de tout ce bruit
et de tout ce mouvement ; car la mer
était très houleuse ce jour-là, et lorsqu'elle vit rouler vers elle de grandes
vagues couvertes d'écume blanche, son
premier mouvement fut de fermer les
yeux et de serrer bien fort la main de sa
mère. Madame Mercourt, qui comprit ce
qu'elle éprouvait, ne voulut pas attaquer
brusquement une frayeur que l'habitude

devait bientôt vaincre; elle alla s'asseoir
avec ses filles sur un tertre à une petite
distance du rivage : Gustave étant déjà
fort affairé à chercher des coquilles pour
montrer à ses camarades les fruits de ses
voyages, et faire, comme il le disait, un
cabinet d'histoire naturelle.

Cependant, notre savant en herbe n'é-
tait pas encore accoutumé à se laisser
longtemps absorber par le même objet,
et il quitta bientôt la recherche des coquilles pour regarder une dame vêtue
d'une blouse et d'un pantalon de laine
brune, qui venait de sortir d'une des tentes,
ou petites cabanes dispersées sur le rivage
et qu'un vigoureux baigneur emportait sur
ses bras pour la plonger dans l'eau. Maman, cria-t-il en courant vers sa mère,
voyez donc comme il plonge cette pauvre
dame ; quelle drôle de chose ! mais savez-
vous qu'il ne doit pas être fort agréable
d'être jeté comme cela dans l'eau, la tête

la première ; sans compter qu'on doit avaler de l'eau de mer et qu'elle n'est pas très bonne au goût, à ce qu'on dit. Si cette eau était sucrée au lieu d'être salée, tu n'aurais pas si peur d'en avaler un peu, dit la petite Marie, qui, à cette distance, avait complétement oublié sa frayeur. — Ni toi non plus, ma petite sœur ; car tu aimes le sucre au moins autant que moi. Mais dis-donc, Eugénie, est-ce que tu aimeras à barboter ainsi dans l'eau comme un canard ? — Cela ne me plaira peut-être pas beaucoup la première fois ; mais je m'y accoutumerai bien vite, car on dit que c'est très amusant. — Pour moi, je voudrais déjà y être, au risque d'avaler un peu d'eau salée. Voulez-vous que je me baigne tout de suite, ma chère maman ? — Non, mon ami, nous ne commencerons nos bains que demain ; mais rien n'empêche que tu te prépares, en regardant comment font les autres, et voilà un petit garçon de ton âge qui me paraît tout prêt à entrer dans l eau. Gustave les quittait pour se rapprocher du bord de la mer, lorsque la petite Marie demanda à sa mère la permission d'aller avec lui ramasser des coquilles, et madame Mercourt, bien sûre que, pour ce jour-là du moins, elle ne s'aventurerait pas trop près de la mer, et charmée de lui voir reprendre un peu de courage, la laissa aller avec plaisir.

Eugénie, qui aimait beaucoup à causer sérieusement avec sa mère, se réjouit de voir s'éloigner un peu *les petits*, comme elle les appelait souvent, et exprima vivement ce que lui faisait éprouver le beau spectacle qu'elle avait sous les yeux. Ah! maman, s'écria-t-elle, que la mer est grande et belle, et que Dieu est sage et puissant! comme je comprends bien maintenant ces beaux passages de la Bible que j'ai appris dernièrement. On peut bien dire avec David : « O Eternel, que tes œuvres

sont en grand nombre! tu les as toutes
faites avec sagesse. La terre est pleine de
tes richesses, et cette mer grande et
spacieuse, où il y a des animaux agiles
sans nombre, gros et petits. C'est là que
les navires se promènent, et ce léviathan
que tu as formé pour s'y jouer (Psaume
CIV, 24-26, et encore dans le psaume
CVII) Ceux qui descendent sur la mer
dans des navires, et qui font commerce
sur les grandes eaux, ce sont eux qui
voient les œuvres de l'Eternel et ses merveilles dans les lieux profonds. »

— Tu dois te souvenir aussi de ce beau
passage du livre de Job, dans lequel Dieu
dit lui-même : « Qui est-ce qui renferma
la mer dans ses bords, quand je lui don-
nai la nuée pour couverture et l'obscu-
rité pour ses langes, et que je lui dis : Tu
viendras jusque-là, et tu ne passeras
point plus avant, et l'élévation de tes on-
des s'arrêtera ici. » (Job, XXXVIII, 8-11.)

111

Mon enfant, tu as en ce moment sous tes yeux la redoutable barrière que Dieu a opposée à cette terrible mer qui, lorsqu'elle s'avance en roulant ses vagues bouillonnantes, semble prête à tout engloutir; un peu de sable suffit pour l'arrêter, parce que Dieu l'a voulu ainsi. C'est aussi quelque chose de bien admirable que cette parfaite régularité du flux et du reflux qui permet d'en calculer exactement le retour. Cette mer, qui commence maintenant à reculer, se retirera ainsi pendant environ six heures pour revenir ensuite au point où nous la voyons maintenant; mais demain elle n'y arrivera que trois quarts d'heure plus tard, et ces différences nous obligeront à changer souvent l'heure de nos bains; car il sera plus agréable de les prendre à la haute mer, que d'avoir à traverser la grande étendue de sable qu'elle va laisser à découvert en se retirant.

La mère et la fille continuèrent à s'entretenir encore quelque temps de la puissance et de la bonté de Celui qui « a assemblé les eaux de la mer comme un monceau, et qui a fait les cieux et toute leur armée par le souffle de sa bouche; » et Eugénie aurait prolongé volontiers cette douce et édifiante causerie, mais le soleil venait de se coucher, l'air commençait à être vif, et madame Mercourt, qui redoutait la fraîcheur pour la frêle santé de sa petite Marie, voulut retourner à la maison.

Le lendemain matin, Gustave s'éveilla de bonne heure; il avait rêvé qu'on le plongeait dans la mer, et il lui tardait tellement de voir son rêve devenir une réalité, qu'il alla frapper à la porte de ses sœurs, en leur criant qu'elles étaient des paresseuses et qu'elles auraient dû être habillées depuis longtemps. Eugénie lui répondit tranquillement qu'il devait se souvenir qu'on ne devait pas partir de si

bonne heure, et qu'il pouvait être sûr
que ce ne serait pas elle qui ferait attendre.

Gustave fut d'abord un peu tenté de
s'impatienter ; un regard de sa mère lui
rappela l'histoire de la veille, et alors il
prit un livre et se mit à lire, et sa mère
qui vit la petite victoire qu'elle venait de
remporter sur lui-même, l'en récom-
pensa par un baiser. Enfin le moment
arrive, la bonne fait un paquet des robes
de laine et des serre-tête de taffetas
gommé des deux petites filles, et Gustave
veut porter lui-même son vêtement de
bain et le pliant sur lequel sa mère doit
s'asseoir au bord de la mer, pendant que
les enfants prendront leurs bains. La petite Marie fait bonne contenance, mais
sa mère ne se flatte pas que le premier
bain se passe sans larmes ; car la petite
fille redoute beaucoup l'eau froide, et un
bain dans la mer cela ne peut pas se faire

chauffer. On arrive, le baigneur, averti
dès la veille, a gardé deux tentes pour les
enfants. Gustave voudrait se baigner le
premier, mais bien qu'il ait la prétention
d'être un homme, madame Mercourt
compte encore plus sur la sagesse d'Eugénie, et désire qu'elle serve d'exemple
et d'encouragement aux autres. En effet,
Eugénie fait bien un peu la grimace au
moment où on la plonge dans l'eau froide,
mais elle ne se plaint pas, et Gustave qui
aurait honte de montrer moins de courage qu'une petite fille, même lorsque
cette petite fille est la raisonnable Eugénie, se contente de crier : Ah ! que c'est
froid ! et de cracher bien des fois en revenant, pour se débarrasser de cette vilaine
eau salée. Heureusement la bonne a songé
à apporter quelques morceaux de sucre ;
elle en donne un à Gustave, qui retrouve
en le croquant toute sa belle humeur.
Pauvre petite Marie, c'est à présent son
tour, et elle en tremble à l'avance de

115

tous ses membres; cependant elle rassemble tout son courage, et se laisse emporter par le baigneur, en jetant un triste
regard sur sa mère ; mais dès qu'il la
plonge, elle se met à crier de toute sa
force ; sa mère souffre autant qu'elle,
mais elle sait qu'elle ne doit pas avoir la
faiblesse de céder, et abrège seulement
le premier bain. Le lendemain, Marie qui
savait maintenant ce que c'était qu'un
bain de mer, commença à pleurer dès
qu'il fallut se mettre en route pour aller
à la plage ; mais Eugénie se baigna en
même temps qu'elle, et chercha à l'amuser en faisant voguer devant elle un joli
petit vaisseau qu'on avait apporté de Paris. Peu à peu elle s'accoutuma à l'eau
froide, et quinze jours ne s'étaient pas
écoulés qu'un meilleur appétit et un sommeil plus tranquille prouvaient tout le
bien que lui faisaient ces bains qu'elle
prit à la fin avec tant de plaisir ; qu'elle
aurait pleuré de bon cœur si on avait

voulu l'empêcher de prendre son bain de mer.

Vers cette époque, une des amies de madame Mercourt qui avait fait retenir quelques chambres dans la maison qu'elle habitait à ***, y arriva avec ses deux enfants, Emma et Jules, qui étaient à peu près du même âge qu'Eugénie et Gustave. Madame Herbert était charmée d'avoir cette occasion de passer quelques semaines auprès de son amie qu'elle ne voyait pas bien souvent à Paris, parce qu'elles habitaient des quartiers assez éloignés ; et pour jouir encore mieux de ce rapprochement, elles convinrent de manger ensemble, ce qui était d'ailleurs d'autant plus à propos qu'il n'y avait dans toute la maison qu'une cuisine et une salle à manger. Cet accroissement de société redoubla la gaieté des enfants et le plaisir avec lequel ils prenaient leurs bains de mer. On allait à la plage et l'on se pro-

menait ensemble, tantôt sur le rivage,
tantôt sur la colline d'où l'on voyait la
mer dans toute son étendue, parsemée
de bateaux pécheurs, dont les voiles blanches faisaient l'effet le plus agréable.
Pendant qu'elles admiraient le coucher
du soleil sur la mer, les bonnes mères
unissaient quelquefois leurs voix aux voix
argentines de leurs enfants pour célébrer,
par le chant d'un cantique, la puissance
et la sagesse de ce Dieu dont elles con-
templaient avec tant de plaisir les merveilleux ouvrages ; et puis elles repre-
naient lentement le chemin de leur demeure, et l'on faisait une lecture en
commun avant d'envoyer coucher les enfants.

Eugénie et Gustave se trouvaient donc
à merveille à ***, et ne regrettaient que
l'absence de leur père, auquel ils écri-
vaient régulièrement et faisaient les plus
belles descriptions du monde de leurs

bains de mer, de leurs jeux, de leurs pro-
menades et aussi de leurs études ; car
bien que ce fût un peu un temps de va-
cance, madame Mercourt et son amie
savaient trop bien combien il est nécessaire et heureux d'être occupé pour laisser leurs enfants dans une oisiveté complète. Eux-mêmes ne l'auraient pas voulu,
car ils avaient appris par leur propre
expérience que, s'il y a grand plaisir à
jouer quand on a bien travaillé, il y aurait bientôt grand dégoût et grand ennui
à ne faire autre chose que jouer. Ainsi, la
petite Marie elle-même avait ses leçons,
elle commençait à lire assez couramment
pour comprendre ce qu'elle lisait, et elle
apprenait par cœur de petites pièces de
poésie dont je pourrai bien communiquer quelques-unes à mes jeunes lecteurs.

Un des amusements des enfants était de
se mettre à une fenêtre qui donnait sur le

port et sur la mer, pour voir entrer et sortir les grands bateaux pécheurs, et aussi pour voir la mer montante entrer dans la petite rivière qui se jette à ***, lui donner ainsi pour quelques heures l'apparence d'un beau fleuve, et la laisser bientôt rentrer dans sa petitesse en se retirant. Un soir, au moment où les enfants allaient se coucher, Gustave, qui s'était approché encore une fois de la fenêtre, s'écria tout étonné : Maman, maman, venez donc voir, la mer est tout en feu! tout le monde accourut et l'on vit qu'en effet la mer était couverte de lames brillantes et semblait rouler du feu dans ses vagues. Madame Mercourt dit alors aux enfants qu'il arrivait assez souvent que la mer fût phosphorescente comme elle l'était en ce moment, et que, bien que les savants ne fussent pas d'accord sur la cause de cet effet si remarquable, plusieurs d'entre eux pensaient cependant qu'il était produit par une multitude de petits insectes qui brillent comme les vers luisants. Ce fut avec regret que les enfants quittèrent la fenêtre ; mais Eugénie leur rappela qu'il fallait aller se coucher, parce que l'on devait aller de bonne heure à la mer le lendemain matin.

Et maintenant, puisqu'il est heure de se coucher, nous aussi, profitant du conseil de la sage Eugénie ; nous souhaiterons le bonsoir à nos jeunes lecteurs, après leur avoir promis de reprendre plus tard l'histoire de nos petits baigneurs ; et pour les consoler de les quitter si brusquement, nous insérerons ici quelques-uns des morceaux qu'apprenait par cœur la petite Marie.

121

L'ABEILLE.

IMITÉ DE L'ANGLAIS.

Abeille si jolie,
Conte-moi, je te prie,
Pourquoi, dès le matin,
Poursuivant ton butin,
Sur les œillets, les roses
Tour à tour tu te poses,
Sans penser un moment
A ton amusement.

Enfant, répond l'abeille,
Si, dès que je m'éveille,
Tu me vois amasser,
Sans jamais me lasser,
Prends-moi pour ton modèle,
Et, d'une ardeur nouvelle,
Hâte-toi d'acquérir
Ce qui ne peut périr.

Dès que l'été se passe,
On cherche en vain la trace
Des fleurs qu'on vit fleurir,
Puis bientôt se flétrir ;

Ainsi tombent fanées
Les plus belles années,
Ainsi va se couchant
Ce soleil si brillant.

Enfant, crois donc l'abeille
Dont la voix te conseille,
Travaille pour jouir,
Sème pour recueillir:
Prépare, en ta jeunesse,
De vertus, de sagesse
Une riche moisson,
Pour l'arrière-saison.

DIALOGUE SUPPOSÉ

ENTRE

UN PETIT ENFANT ET UN PETIT OISEAU.

IMITÉ DE L'ANGLAIS.

L'ENFANT.

Petit oiseau, viens avec moi,
Vois ta cage si bien posée,
Ces fruits que j'ai cueillis pour toi,
Ces fleurs humides de rosée.

L'OISEAU.

Petit enfant, je vis heureux,
Etre libre est ma seule envie :
Mon petit nid me plaît bien mieux
Que la cage la plus jolie.

L'ENFANT.

Petit oiseau, le doux printemps
Ne dure pas toute l'année,
Que feras-tu lorsque les vents
Auront dépouillé la ramée ?

L'OISEAU.

Vers le midi je chercherai
Plus beau climat, plus vert feuillage,
Puis au printemps je reviendrai
T'amuser de mon doux ramage.

L'ENFANT.

Pauvre petit, qui te dira
Le droit chemin que tu dois suivre ?
Sur les mers, qui te conduira ?
Reste avec moi si tu veux vivre.

L'OISEAU.

Enfant, je saurais préférer
Le plus grand péril à la chaîne,
Mais je ne puis pas m'égarer,
Dieu me conduit et me ramène.

ACTIONS DE GRACES

D'UN ENFANT.

IMITÉ DE L'ANGLAIS.

Seigneur, devant toi je repasse
Les biens dont tu sus m'enrichir,
Ajoute à ces dons de ta grâce
Le don plus grand de les sentir.

J'aurais pu naître sur ces rives
Où l'on ne connaît pas ta loi,
Où l'on entend des voix plaintives
Qui ne s'adressent pas à toi :

Au lieu d'apprendre de ma mère
Le nom du Dieu de vérité,
J'aurais servi des dieux de pierre
Qui ne sont tous que vanité.

J'eus pu, dans un dur esclavage,
D'un maître craindre le courroux,
Maman me montre un doux visage
Et m'élève sur ses genoux.

J'eus pu gémir dans la misère,
Souffrir du froid et de la faim ;
Pour moi travaille mon bon père,
Et je puis faire un peu de bien.

J'eus pu languir dans l'ignorance,
Dans le vice et l'oisiveté ;
On m'instruisit dès mon enfance,
Dans la sagesse et la piété.

Je forme un désir, mais je n'ose
Venir, ô Dieu, te l'exprimer,
Il me manque encore une chose,
Un cœur plus grand pour mieux t'aimer !

NOUVEAU

MAGASIN DES ENFANTS.

LES BAINS DE MER.

SECONDE PARTIE.

Nous avons promis à nos jeunes lecteurs de les ramener sur la plage de ***,
au milieu de nos baigneurs, et nous pouvons les leur présenter tellement accoutumés aux bains de mer, que Jules et
Gustave nagent comme des poissons, et
qu'Eugénie et Emma font *la planche* à

161   11

merveille. Ceux de mes lecteurs qui n'ont
pas pris de bains de mer ne savent peut-
être pas ce que c'est que faire la planche;
et il faut leur expliquer que c'est se coucher sur le dos sur la mer, de sorte que
l'on a l'air d'une planche qui flotte sur
l'eau. Il n'est pas jusqu'à la petite Marie
qui s'est tellement aguerrie, que les mamans nouvellement arrivées la proposent
en exemple à leurs petits enfants, pour les
encourager à se baigner sans pleurer;
mais Marie se souvient de ses premiers
bains, et répond avec beaucoup de mo-
destie aux compliments qu'on lui fait sur
son courage.

Un jour que les deux mamans cau-
saient en se promenant sur la plage,
tandis que les enfants couraient et sau-
taient pour se réchauffer après leur bain,
Eugénie s'approcha d'une femme qu'elle
voyait depuis quelque temps faire le métier de baigneuse, et dont elle avait re-

marqué la pâleur et l'air triste et souffrant, et lui demanda si elle était malade, et si ces bains de mer, si longs et si fatigants, n'étaient pas au-dessus de ses forces. Hélas ! ma bonne demoiselle, répondit la pauvre femme, je crois bien que cela ne me vaut pas grand'chose; mais, comment faire? ma mère est au lit, mes enfants sont trop petits pour travailler, et ils n'ont d'autre soutien que moi. Eugénie alla aussitôt rapporter cette conversation à sa mère, qui vint avec son amie parler à la baigneuse qui leur raconta sa triste histoire. Son mari qui était pêcheur avait vendu son petit héritage pour acheter un grand bateau, afin de pouvoir faire des pêches considérables; il avait eu beaucoup de succès, et pendant plusieurs années l'abondance et la paix avaient régné dans leur ménage; mais une malheureuse nuit, il se trouva en mer par une violente tempête, et le bateau avait été englouti avec les

trois hommes qui le montaient. La pauvre Marianne, ainsi s'appelait la veuve
du pêcheur, avait ainsi perdu en un seul
jour son mari qu'elle aimait tendrement,
et le bateau qui composait toute leur ri-
chesse. Il y avait alors trois ans que ce
malheur était arrivé. Marianne avait été
malade de chagrin pendant plusieurs
mois, et sa mère qui soignait son ménage
et ses enfants pendant qu'elle allait travailler en journées, et qui gagnait quelques sous à filer, était retenue au lit
depuis l'hiver par des douleurs de rhumatisme qui la privaient de l'usage de ses
jambes et de ses mains. Dans cette triste
position, il avait fallu vendre tout ce
qu'on avait acheté dans un temps plus
heureux, et Marianne, qui ne pouvait
plus laisser sa mère seule tout le jour
avec trois enfants qui avaient besoin de
soins, au lieu de pouvoir la servir, n'avait
d'autre ressource pour fournir à leurs
besoins que de baigner quelques jeunes

enfants; mais elle sentait que sa santé, affaiblie par les inquiétudes et par l'excès du travail, ne pourrait résister longtemps à la fatigue.

Tous les enfants s'étaient réunis autour de la pauvre Marianne et avaient écouté son histoire avec un vif intérêt. Ils avaient été émus de voir couler ses larmes, lorsqu'elle avait parlé de cette nuit terrible pendant laquelle elle sentait son mari livré à la fureur des vagues, dans une violente tempête, de cette journée plus affreuse encore où l'on avait rapporté dans sa chaumière son corps pâle et inanimé qui avait été rejeté sur le rivage. Madame Mercourt s'informa de sa demeure, et promit d'aller la voir dans la journée, et en revenant à la maison les enfants ne parlèrent que de la malheureuse veuve du pêcheur, et de leur désir de la soulager dans sa misère et de l'empêcher de continuer ce métier de baigneuse qui lui faisait tant de mal. Ils comptèrent et recomptèrent plus d'une fois ce qu'ils avaient dans leurs petites bourses ; mais qu'était-ce que cela pour soutenir cinq personnes? On rencontra en chemin le médecin , et madame Herbert le pria d'aller voir la malade, et d'examiner en même temps sa fille dont la santé déclinait évidemment de jour en jour.

Nous avons déjà dit que *** n'était alors qu'un gros bourg en grande voie de prospérité, il est vrai, mais où l'on était encore loin de trouver toutes les ressources et tous les agrémeuts dont on jouit dans les grandes villes, et en particulier à Paris que nos enfants habitaient d'ordinaire. Aussi leur était-il arrivé plus d'une fois, et surtout à Jules et à Emma qui étaient accoutumés à plus de luxe dans la maison de leur père, de se plaindre, tantôt en plaisanterie, tantôt avec assez d'humeur, de tout ce qui manquait à *** ; tantôt il fallait débarrasser la table des livres et des dessins dont on aurait voulu s'occuper un peu plus long-temps pour laisser mettre le couvert, et Emma trouvait qu'il était bien désa-gréable de n'avoir qu'une seule pièce pour salon, pour salle d'étude et pour salle à manger ; tantôt on n'avait pu se procurer d'autre dessert que d'assez mauvais fruits et un morceau de fromage un peu sec, et Jules regrettait les beaux fruits et les gâteaux de Paris. La viande n'était pas toujours bien bonne, et l'on n'en pouvait pas avoir tous les jours, et Gustave faisait la grimace en voyant revenir trop sou-vent à son gré la soupe maigre qu'il n'aimait guère. Madame Mercourt avait cherché plusieurs fois à faire sentir aux enfants combien il était absurde d'être aussi difficile et de se plaindre là où l'on aurait tant de motifs de bénir Dieu, et de lui rendre grâces de ce qu'il nous ac-corde des douceurs dont la plupart de ceux qui vivent autour de nous sont privés.

Eugénie comprenait sa mère, et s'il lui arrivait quelquefois de se laisser entraîner par l'exemple d'Emma, il suffisait d'un regard de madame Mercourt pour arrêter la plainte sur ses lèvres; mais les autres enfants n'étaient pas bien persuadés qu'il fût déraisonnable de se lamenter de ce que toutes choses n'étaient pas aussi commodes et aussi agréables à *** qu'à Paris. Le jour où l'on avait si vivement déploré le matin la triste position de la veuve du pêcheur, les enfants, ils sont si légers et si mobiles, redoublèrent de lamentation pendant le déjeuner sur toutes les bonnes choses dont il fallait continuellemeut se passer à ***, et madame Mercourt les laissa aller jusqu'au bout, pensant que la visite qu'on devait faire plus tard en dirait plus que tous les raisonnements du monde.

Le temps était superbe, l'on se mit en route vers trois heures pour aller chez

Marianne qui demeurait à l'autre bout
de la petite ville. Quand on fut arrivé
près de l'endroit qu'elle avait indiqué, on
demanda à quelques enfants qui jouaient
dans la rue s'ils pouvaient montrer la
maison de Marianne, la veuve du pêcheur. C'est ma mère, s'écria un petit
garçon d'environ six ans, et il courut
aussitôt vers une pauvre chaumière peu
éloignée pour annoncer à sa mère les
belles dames qui venaient la voir.

Marianne était alors occupée à faire
manger sa mère, qui ne pouvait se servir
de ses mains, et Emma fut si surprise de
voir cette pauvre malade dîner avec quelques pommes de terre bouillies et un peu
de pain bis, qu'elle ne put s'empêcher de
lui dire : « Quel mauvais dîner vous faites
là, ma pauvre femme! pourquoi ne man-
gez-vous pas des choses plus légères,
qui conviendraient mieux à votre état? —
Hélas! ma petite demoiselle, répondit la

bonne vieille, je me trouve bien heureuse quand nous pouvons tous nous rassasier de pain et de pommes de terre ; car cela n'arrive pas toujours. D'ailleurs, j'ai déjà eu ce matin une bonne tasse de lait que m'a donnée une de nos voisines, et c'est un régal que je n'ai pas souvent, depuis que nous avons été obligées de vendre notre vache noire pour payer notre loyer. — Cette chaumière que vous habitez ne vous appartient donc pas? lui dit alors madame Herbert.—Non, ma chère dame, ma pauvre fille a eu tant de chagrin de la mort de son mari qu'elle a été longtemps malade ; les dettes viennent vite quand on dépense et qu'on ne gagne rien ; et, au bout d'un an, il nous a fallu vendre cette jolie petite maison blanche que vous avez vue à l'entrée de la rue, et sur laquelle mon gendre devait encore une assez forte somme, ayant eu tant d'argent à payer pour son beau bateau ponté qui a péri avec lui, et nous avons loué cette chaumière. Nous n'y sommes pas mal, Dieu merci, la maison n'est pas mauvaise, et sans ces douleurs qui m'empêchent de travailler depuis plus de six mois, nous pourrions peut-être encore aider de plus malheureux que nous. »

En entendant parler ainsi la malade, les enfants parcoururent d'un coup d'œil la pauvre chambre dans laquelle ils se trouvaient ; elle était sous le toit, une seule fenêtre l'éclairait, les murs étaient crevassés en plus d'un endroit, et il n'y avait pour tous meubles que le lit où était couchée la malade, une table et trois ou quatre escabelles de bois ; quelques volumes étaient rangés sur une tablette posée près de la fenêtre. Madame Mercourt se réjouit d'y trouver un Nouveau-Testament en gros caractère que les lunettes de la bonne mère tenaient entr'ouvert. « Ah ! dame, dit la malade, vous voyez là notre trésor : ce précieux livre nous a été donné

l'an passé par une bonne dame pour laquelle ma fille a travaillé ; et certes, elle
ne pouvait pas nous faire un plus beau
cadeau. — Vous avez bien raison, ma
bonne amie, et je suis charmée que vous
sachiez si bien l'apprécier. — Eh ! madame, que deviendrait-on dans des po-
sitions telles que les nôtres, si l'on n'avait
pas confiance en Celui qui s'est fait pauvre pour nous, et qui a dit : « Je ne te
laisserai pas et je ne t'abandonnerai pas?»
Si vous saviez combien il est terrible de
voir de pauvres petits enfants qui souf-
frent du froid, et à qui l'on ne peut pas
donner les vêtements qui leur seraient
nécessaires ; de les entendre pleurer de
faim, et de n'avoir pas toujours assez de
pain pour les rassasier ! »

Jules et Emma ne s'étaient jamais fait
l'idée d'une pareille misère ; ils avaient
bien vu dans des livres des tableaux de
détresse, mais voir de ses yeux est toute
autre chose ; et, surpris et touchés du

spectacle que leur présentait cette pauvre famille, ils éprouvaient un vif désir de venir à son aide. Eugénie n'était pas aussi étonnée ; car ce n'était pas la première fois qu'elle accompagnait sa mère dans des visites du genre de celles qu'elle faisait en ce moment, et nulle part la misère n'apparaît peut-être plus affligeante que dans ces tristes réduits de Paris, où de pauvres familles entassées dans de petites chambres de rues sombres et étroites, ajoutent à tant de privations celle de l'air et du soleil. Ce qui avait le plus frappé la jeune fille, c'était l'expression de paix et même de joie qu'avait prise la figure de la pauvre vieille, lorsqu'elle avait parlé des consolations qu'elle trouvait dans la parole de Dieu ; elle avait compris dans ce moment ce passage qu'elle avait entendu lire le matin même à sa mère :«L'homme ne vit pas seulement de pain, mais de tout ce qui sort de la bouche de Dieu. » Emma, dit-elle tout bas à son amie,

n'aimerais-tu pas bien de voir faire un
bon repas à cette famille? veux-tu que
nous demandions à maman d'envoyer
chercher quelque chose de meilleur que
ces pommes de terre et ce pain si noir et si
sec? — Oh! oui, oui, dit Emma, fais cela
je t'en prie; » mais Madame Mercourt
n'avait pas attendu la demande des enfants pour s'occuper de ce soin, et au
moment où Emma finissait de parler, elle
vit entrer la cuisinière qui portait un
gros pain blanc et une marmite pleine de
viande et de bouillon. Les enfants de
Marianne se mirent à pousser des cris de
joie, et l'on voyait, au plaisir avec lequel
ils se mirent à manger leur soupe et leur
bouilli, qu'il y avait longtemps qu'ils n'a-
vaient fait un aussi bon repas. « Mon cher
Gustave, dit tout bas madame Mercourt
à son fils, il me semble que voilà des enfants qui ne pensent guère à examiner si
la viande est rouge et dure, et si c'est de
la vache ou du bœuf. — Ah! maman, ré-

pondit Gustave en devenant tout rouge, épargnez-moi, je vous en prie : j'ai été bien sot et bien ridicule ; mais je vous assure que je ne le ferai plus, et que je mangerais volontiers de la soupe maigre quinze jours de suite, pour que ces pauvres enfants eussent toujours tout ce qu'il leur faut.»

En sortant de chez Marianne, on s'arrêta un moment sur la colline pour admirer la belle vue, et les enfants entourèrent les deux mamans pour les supplier de chercher quelque moyen de venir au secours de cette pauvre famille qui leur inspirait un si vif intérêt. Madame Herbert leur dit alors qu'il lui était venu une idée qu'elle voulait leur soumettre, d'autant plus que, pour pouvoir l'exécuter, il fallait que tout le monde mît la main à l'ouvrage. Ils s'écrièrent qu'ils étaient tout prêts à faire tout ce qu'ils pourraient, et qu'ils travailleraient même, s'il le fallait, pendant

toutes les récréations. — Je ne crois pas
qu'un pareil sacrifice soit nécessaire pour
ce que j'ai à vous proposer, qui serait de
faire de petits ouvrages dont nous ferions
ensuite une vente au profit de Marianne.
Nous trouverions sûrement des travail-
leuses parmi les dames et les jeunes filles
que nous voyons sur la plage ; et comme
il est arrivé dernièrement plusieurs familles qui paraissent avoir de la fortune,
nous ne manquerions pas non plus d'a-
cheteurs. Quelle bonne idée ! quelle bonne
idée ! s'écrièrent aussitôt tous les enfants ;
je vais commencer une bourse ce soir, dit
Emma, et moi une pelotte, dit Eugénie,
et moi, que pourrai-je faire, dit la petite
Marie? Si tu t'appliques bien, tu pourras
ourler des mouchoirs, lui dit sa mère ;
mais nous autres nous ne pourrons rien
faire, s'écria Gustave d'un air tout triste,
des garçons comme nous ne savent ni
coudre ni broder.—Vous pourrez m'aider,
répondit madame Herbert, je suis assez

habile pour les cartonnages, je ferai des boîtes à ouvrages, et vous préparerez les matériaux. D'ailleurs vous aurez une ressource dans les filets de pêcheurs, ce n'est pas bien difficile à faire, et dans un port de mer, on en trouvera facilement le débit. »

En retournant à la maison, on ne s'entretint, comme on le pense bien, que des projets qui se rapportaient à la vente, et l'on s'occupa tout de suite de se procurer les matériaux dont on avait besoin. Les boutiques de *** n'étaient pas très bien fournies ; mais les marchands s'engagèrent à faire venir d'une grande ville peu éloignée les objets qui ne se trouvaient pas chez eux, et avant la fin de la soirée il y avait déjà plus d'un ouvrage en train.

Le lendemain, le médecin vint rendre compte de sa visite chez Marianne : la bonne vieille se trouvait déjà toute remontée par le bon bouillon qu'elle avait

pris, et surtout par l'espoir que lui inspirait l'intérêt qu'on lui avait témoigné.
Ses douleurs de rhumatisme venaient surtout de ce qu'elle avait souffert du froid
l'hiver précédent, et Emma dit aussitôt
que les premières emplettes à faire avec
l'argent de la vente seraient une camisole
de flanelle et une bonne couverture de
laine pour la malade. Le médecin demanda alors ce que c'était que cette vente
dont on parlait, et Eugénie s'empressa
de lui communiquer leurs projets. Il
promit de prendre part à cette bonne
œuvre en en parlant à plusieurs dames
fort adroites qui travailleraient sûrement
avec plaisir pour Marianne et en sollicitant
d'avance la bonne volonté des acheteurs.
Cette proposition fut d'autant mieux ac-
cueillie que madame Mercourt et son
amie, ayant vécu fort retirées depuis leur
arrivée à ***, n'y connaissaient que très
peu de monde. « Et la pauvre Marianne,
que pensez-vous de sa santé? demanda

alors madame Mercourt. — Elle a grand
besoin de repos d'esprit et de corps ; car le
chagrin et la fatigue lui ont fait bien du
mal, et la petite toux qu'elle a dégénère-
rait bientôt en maladie de poitrine, si elle
continuait à faire le métier de baigneuse. »
Madame Herbert dit alors qu'elle ne re-
tournerait certainement pas à la mer,
qu'elle allait payer d'avance un ouvrage
qu'elle lui donnerait à faire à son aise
chez elle, qu'elle espérait bien que le produit de la vente leur donnerait les moyens
de pourvoir à ses besoins, et qu'avec un
peu de tranquillité d'esprit et de bonne
nourriture, elle se rétablirait sûrement
bientôt.

Madame Mercourt put voir, dès le lendemain, que le bon médecin avait tenu
sa promesse ; car lorsqu'elle arriva sur la
plage, deux ou trois dames s'approchèrent
d'elle pour lui parler de la vente qu'elle
voulait faire pour Marianne et de leur désir

de prendre part à cet acte de bienfaisance.
On se consulta sur les ouvrages dont le
débit paraissait le plus facile, et l'on convint de faire travailler les petites filles qui
n'étaient pas encore très habiles à l'ouvrage, et il s'en trouvait un grand nombre
parmi les enfants qui prenaient des bains,
à des vêtements de pauvres gens ; on pensait bien que ces vêtements seraient dis-
tribués par les acheteurs aux pauvres
de ***, et qu'il en résulterait ainsi un
double bien. Ces dames promirent d'en
enrôler d'autres, et de se mettre avec zèle
à l'ouvrage ; car la saison des bains était
fort avancée, et il ne fallait pas laisser
partir les acheteurs.

Cependant madame Mercourt vit avec
beaucoup de satisfaction que le spectacle
de la misère de Marianne avait produit
une assez forte impression sur l'esprit
des enfants pour qu'ils n'osassent plus se
plaindre comme ils le faisaient aupara-

vant de tout ce qui manquait à ***. La
force de l'habitude emportait bien quelquefois Jules et Emma; mais Gustave les
arrêtait tout court en leur disant : Pensez
donc à ces pauvres petits enfants de Marianne qui souffraient du froid et de la
faim ; et tout honteux des lamentations
qu'ils allaient faire, ils ramenaient aussitôt l'entretien sur tous les objets qu'ils
procureraient à cette famille avec l'argent
de la vente.

On allait souvent voir Marianne en se
promenant, et comme on sortait un soir
de sa chaumière, Emma dit à sa mère :
« Ne trouvez-vous pas, maman, que notre
pauvre veuve commence à reprendre bien
bonne mine et qu'elle ne tousse presque
plus, maintenant qu'elle ne va plus à la
mer ? On est si content de la voir mieux
portante et plus tranquille, et sa petite
Catherine, comme elle était joyeuse lorsqu'Eugénie lui a mis la robe qu'elle vient

de lui faire avec ce coupon de toile qu'on lui avait donné pour habiller sa grande poupée. Je comprends bien qu'elle ait trouvé plus de plaisir à en habiller cette poupée vivante, qui voulait toujours lui baiser les mains pendant qu'elle lui passait sa robe ; si vous me le permettez, maman, je lui achèterai une paire de souliers pour compléter sa parure du dimanche.— Je le veux bien, mon enfant, et je me réjouis de voir que tu comprends qu'il y a des jouissances plus douces que celles qui ne se rapportent qu'à nous.— Quant à moi, dit Jules, j'avoue que je suis fâché de voir le petit Thomas moins bien vêtu que sa sœur, et si maman voulait me permettre de lui donner ces pantalons qui sont devenus si courts, je paierais volontiers le tailleur pour les lui arranger.—Si maman le voulait bien, j'aurais une veste qui irait à merveille avec tes pantalons, dit alors Gustave, et je suis encore assez riche pour payer comme toi ce que le tailleur aurait à faire pour la mettre à sa taille.» Les mamans ne firent pas attendre leur consentement, et les petits garçons se firent d'avance une grande joie de celle qu'aurait le pauvre Thomas, lorsqu'il se verrait si bien équipé. « Avez-vous remarqué, dit alors Eugénie, combien Marianne est propre et soigneuse ? Sa chaumière est toujours bien balayée, ses vêtements sont grossiers, mais ils sont propres ; et ses enfants ne portent jamais rien de déchiré. Pauvre femme ! on la trouve toujours l'ouvrage à la main, et l'on est obligé de lui recommander de ne pas trop se fatiguer à cause de sa santé. Et elle est si attentive pour sa mère ! dit Emma. Et elle élève si bien ses enfants, dit Gustave! Cette petite Jeanneton, qui n'a pas huit ans, comme elle lit bien ! et comme elle tricote vite, et avec cela elle est si bonne pour sa petite sœur ! aussi Catherine la suit partout comme ferait un petit chien;

elle fait une si drôle de révérence quand
Jeanneton lui dit d'un ton sérieux: Allons
Catherine, salue Madame ! Il y a bien des
enfants riches qui ne sont pas aussi polis
et aussi bien élevés que ceux-là.—Certainement, mes enfants, dit alors madame
Mercourt, et vous pourriez vous-mêmes
apprendre bien des choses à l'école de
Marianne. J'ai été bien touchée de la
leçon que je lui ai entendu faire, il y a
quelques jours, au moment où j'arrivais
chez elle, et avant qu'elle m'eût aperçue.
Ses enfants s'étaient disputés, ce qui
ne leur arrive guère, comme vous l'avez
vous-mêmes remarqué, et elle les exhor-
tait au support mutuel et à la douceur,
par des motifs puisés dans l'Evangile et
dans l'exemple du Seigneur Jésus, et tout
cela avec un ton si doux et si affectueux
que de pareilles instructions ne peuvent de-
meurer sans fruits.—En vérité, maman,
dit alors Eugénie, je crois que ces bonnes gens nous font autant de bien que

nous leur en faisons nous-mêmes, et que
nous aussi nous devrions les remercier.
—Ce qu'il y a de bien sûr, mes enfants,
c'est que nous devons les uns et les autres
remercier Dieu de nous avoir rapprochés;
car s'il nous a été donné de venir à leur
aide, dans leur détresse, cette connaissance a été pour nous tous une grande
source d'édification et de jouissances vraies
et pures. »

En arrivant à la maison, on y trouva
une des dames qui s'occupaient de la
vente avec le plus d'intérêt, et qui venait
avertir qu'il fallait se presser, parce que
plusieurs familles se préparaient à partir.
Les ouvrages étaient presque tous termi-
nés ; on fixa la vente au mardi suivant,
et l'on envoya partout des cartes pour en
prévenir. On était alors au samedi, il
n'y avait pas de temps à perdre, aussi la
soirée fut-elle fort animée, et les enfants
ne se couchèrent-ils qu'à dix heures pas-

sées, excepté la petite Marie qui avait bien demandé à veiller comme les autres, mais qui s'endormit bientôt sur sa chaise. Madame Herbert avait fait, avec le secours des petits garçons, une quantité de boîtes en carton de toutes les formes et de toutes les couleurs, et ils les avaient remplies de jolies allumettes de papier de couleur qu'elle leur avait appris à faire. Emma avait fait plusieurs bourses fort jolies ; Eugénie avait fait des pelotes et des sacs, et la petite Marie avait ourlé trois mouchoirs et un tablier d'indienne qu'elle comptait racheter pour en faire présent à la petite Catherine qui était un peu plus jeune qu'elle et qu'elle aimait beaucoup. Madame Mercourt avait fait deux cabas en tapisserie, et deux ou trois jolis bonnets.

Le lundi, on se réunit après le déjeuner chez la dame qui prêtait son salon, qui était le plus grand de toute la ville,

et l'on s'occupa d'arranger les tables et
de mettre à tous les ouvrages des éti-
quettes qui en indiquaient le prix. Emma
et Eugénie devaient tenir une boutique
à elles deux, et l'arranger de manière
à faire valoir leurs marchandises, fut,
comme on le pense bien, une importante
occupation et un très grand plaisir. Jules
et Gustave avaient été aussi fort affairés
pour écrire les cartes à main posée et de
leur plus belle écriture; on avait bien
été obligé d'en jeter au feu quelques-
unes qui s'étaient trouvées barbouillées
et tachées d'encre, mais toutes celles
qui purent servir firent beaucoup d'hon-
neur aux jeunes écrivains. Quant à Marie, toutes ses facultés étaient absorbées
dans la contemplation d'une grande poupée qu'une dame avait habillée d'une
robe de crêpe blanc et d'une écharpe
rose qui faisaient le plus bel effet du
monde. Les ouvrages arrivèrent en plus
grand nombre, et encore plus jolis qu'on

ne se l'était figuré, et quelques Messieurs qui voulurent aussi présenter leur offrande envoyèrent de très jolies coquilles, et un assez grand nombre de joujoux dont on composa une boutique que l'on donna à tenir aux deux petits garçons, en engageant madame Herbert à les surveiller un peu.

Le lundi soir on ne parla, comme on le devine bien, que de la vente du lendemain, et madame Mercourt rappela aux enfants que le but de cette vente était un but sérieux, puisqu'il s'agissait de procurer du bien-être à une famille intéressante et malheureuse, et qu'il convenait donc de s'en occuper avec une joie douce et paisible, et non avec les manières évaporées et la gaieté bruyante qui accompagnent les amusements frivoles. « Mes chers enfants, ajouta-t-elle, ne serons-nous pas bien heureux cet hiver, lorsque, réunis autour de notre feu, nous pen-

serons que, grâce à notre vente, Marianne,
sa bonne mère et ses petits enfants seront
chaudement vêtus et bien nourris, et
qu'eux aussi penseront alors à nous, et
remercieront Dieu de ce qu'il nous a
amenés auprès d'eux pour venir à leur
aide? Nous aussi nous avons bien sujet de
le remercier de ce qu'il nous a inspiré
la bonne pensée de cette vente, et de ce
qu'il a porté tant de personnes à y prendre
part; prions-le donc tous ensemble de bénir
notre vente, et de nous faire la grâce d'y
apporter les dispositions nécessaires pour
qu'elle soit une bénédiction pour nous,
aussi bien que pour cette pauvre famille
à laquelle son produit est destiné.»

Nos lecteurs n'exigeront sûrement pas
de nous de grands détails sur la vente,
car il faut pourtant finir une fois cette
histoire qui est déjà fort longue. Nous
leur dirons seulement qu'Eugénie fut la
première personne qui eut le plaisir de

189

vendre quelque chose, et que le respectable vieillard qui lui acheta une de ses pelotes pour sa petite fille, la lui paya quarante francs en deux belles pièces d'or, au lieu des quarante sous qu'elle était marquée. La boutique de coquilles et de joujoux eut aussi beaucoup de succès ; car il y avait un grand nombre d'enfants à la vente. Les bourses d'Emma et les boîtes de sa mère furent enlevées très rapidement, et, ce qui leur fit un très grand plaisir, plusieurs personnes qui avaient acheté des vêtements de pauvres les chargèrent de les distribuer aux pauvres de ***. On laissa à Eugénie et à Emma le doux soin de compter la recette, et ce fut avec autant de surprise que de joie qu'elles virent qu'elle passait cinq cents francs.

On alla le soir même chez Marianne lui porter cette bonne nouvelle ; elle la reçut avec une profonde reconnaissance,

d'abord pour Dieu et puis pour ses bien-
faiteurs. Combien elle avait de grâces à
rendre à Dieu ! Elle était assez bien réta-
blie pour pouvoir travailler assidûment,
et une lingère de la ville voisine lui avait
promis de ne pas la laisser manquer d'ouvrage, et sa bonne mère se trouvait si
bien des bains de vapeur qu'on lui avait
fait prendre, qu'elle avait pu reprendre
sa quenouille. On employa une portion
de l'argent de la vente à acheter les objets nécessaires à cette famille, et une
bonne dame de la ville lui garda le reste
pour les cas de maladie ou d'accidents
imprévus.

Les deux amies se préparaient alors à
retourner à Paris, et l'on employa la dernière soirée à passer en revue les événements du séjour à ***, que l'on ne quittait
pas sans tristesse et sans regret. Mais on
se consolait par le projet de revenir l'année suivante ; car les bains de mer avaient

fait le plus grand bien à Marie et à Emma, et l'on se faisait d'avance une fête de retrouver la belle plage et la colline, et surtout la famille de Marianne à laquelle on avait fait les plus tendres adieux.

NOUVEAU

MAGASIN DES ENFANTS.

LES VERS A SOIE.

Mes jeunes lecteurs n'ont peut-être pas oublié un petit garçon nommé Henri, et sa jeune sœur Mathilde, à qui leur père, M. de Valmont, raconta un jour une assez singulière histoire d'un voyageur anglais qui avait achevé son voyage dans le désert, à cheval sur une autruche, et dans ce cas ils me sauront peut-être bon gré de les ramener dans cette famille qui va faire un grand voyage, non pas à cheval sur des autruches, non pas non plus sur un chemin de fer, car ils ne sont pas encore fort communs en France; mais tout vulgairement dans une voiture traînée par des chevaux.

M. de Valmont ayant hérité d'une terre assez considérable en Languedoc, résolut de partir avec sa famille au printemps, pour aller terminer les affaires de cette succession, et pour s'établir dans sa nouvelle propriété qu'il connaissait depuis longtemps, l'ayant habitée, à plusieurs reprises, avec l'oncle qui la lui avait laissée, mais que sa famille n'avait jamais vue. La curiosité des enfants était vivement excitée, M. de Valmont fut obligé de recommencer plus d'une fois la description de la maison et du jardin, et on ne lui fit pas grâce du pigeonnier ni de la cabane des lapins. Henri et Mathilde n'avaient jamais fait que de très courts séjours à la campagne, et comme ils le répétèrent

plus d'une fois, c'est tout autre chose que
de passer quelques jours chez les autres,
dans les environs de Paris, ou de s'établir
en Languedoc *chez soi* pour tout l'été.
Depuis plus d'un mois, sur dix paroles il
y en avait neuf pour la campagne. C'était
Mathilde qui faisait une robe de toile
brune à sa poupée, parce qu'il fallait des
choses simples et solides *pour la campagne ;* puis Henri qui lisait attentivement
le bon Jardinier, pour savoir ce qu'il faudrait planter et semer en arrivant dans le
jardin que leur père avait promis de leur
donner. Ils comptaient et recomptaient
leurs petites épargnes pour savoir s'ils auraient assez d'argent pour acheter les ou-
tils de jardinage et les graines nécessaires
pour leur terrain ; il leur arrivait même
quelquefois de se disputer sur ce qu'il faudrait y mettre, Mathilde reprochait à
Henri de ne songer qu'aux choux et aux
salades, et de prendre des goûts bien paysans, et Henri lui répondait que cela valait

mieux que de n'avoir que des goûts frivoles comme les petites filles de Paris. Cependant, pour leur rendre justice, il faut convenir que ces disputes qui étaient fort rares n'étaient jamais bien sérieuses : car ces deux enfants s'aimaient tendrement, et ne pouvaient se passer l'un de l'autre, et l'on voyait bien qu'il y aurait place dans le jardin pour les légumes d'Henri et pour les fleurs de Mathilde.

Les petits voyageurs comptaient les jours : encore trois, encore deux ; pense donc, Henri, dit enfin Mathilde, nous arriverons demain avant déjeuner, quel bonheur ! je crois que nous n'en dormirons pas de joie de toute la nuit, et moins d'une heure après tous deux dormaient paisiblement ; mais il est très probable qu'ils rêvaient à ce beau moment de l'arrivée. Enfin le grand jour s'est levé, et l'on vient de quitter la grande route pour prendre le chemin qui dans trois quarts d'heure doit amener devant

cette maison qu'on reconnaîtra comme
si on l'avait déjà vue, tant on l'a souvent
entendu décrire. Henri et Mathilde s'é-
tablissent chacun à une portière pour
mieux voir ; mais cette séparation ne leur
convient pas longtemps, et ils veulent
être à côté l'un de l'autre pour pouvoir
se communiquer leurs observations. Le
chemin passe entre deux champs de blé
bordés d'arbres que les enfants s'étonnent
de voir, pour la plupart, entièrement
privés de leur feuillage, bien qu'ils ne
soient pas morts. M. de Valmont leur
explique alors que ces arbres sont des
mûriers qui viennent d'être dépouillés de
leurs feuilles pour fournir à la nourriture
des vers à soie qu'on élève à cette époque de l'année. Les enfants, qui se rap-
pellent confusément d'avoir lu des choses
très curieuses sur l'éducation de ces précieux insectes, demandent à leur père
s'il ne voudrait pas leur permettre d'en
élever eux-mêmes. M. de Valmont y con-

sent, et ce nouveau projet s'empare tellement de ces jeunes imaginations qu'ils
ne pensent plus à la maison que pour y
trouver une petite chambre pour leurs
vers à soie, et au jardin que pour demander s'il y a des mûriers. Cependant
on avance toujours, et M. de Valmont
ramène bientôt ses enfants à leurs premières impressions, en leur montrant
une jolie maison blanche qu'on aperçoit
de loin au haut d'une colline au milieu
des arbres.

Les souvenirs se pressèrent alors dans
la mémoire et le cœur de M. de Valmont,
et ses yeux se remplirent de larmes, lorsqu'il pensa qu'il ne trouverait plus sur le
seuil de cette porte l'excellent oncle qui le
serrait toujours dans ses bras avec tant de
joie à son arrivée, et qui, lors de sa dernière
visite, lui avait fait promettre de revenir
ce même printemps avec sa femme et ses
enfants qu'il désirait vivement connaître
avant de mourir. Ils y arrivaient tous en

effet maintenant; mais le vénérable vieillard n'était plus là pour les recevoir; il
reposait dans le cimetière du village voi-
sin, et laissait à son neveu un héritage
plus précieux que ce domaine qu'il allait
cultiver après lui : le reflet de cet amour
et de ce respect qu'il s'était acquis par
une charité active et éclairée qui avait sa
source dans un cœur vraiment chrétien.
M. de Valmont devait lui-même, en
grande partie, aux conseils et aux exem-
ples de cet oncle bien-aimé les progrès
qu'il avait faits dans la seule science vraiment nécessaire, et il regardait comme
un devoir sacré, aussi bien que comme
un doux privilége, l'obligation de continuer le bien qu'avait commencé celui que
tous les habitants du village appelaient
encore *le bon M. de Valmont.* Ces bons
paysans connaissaient les sentiments et
les projets du neveu de leur bienfaiteur ;
on ne sera donc pas étonné d'apprendre,
qu'en traversant le village situé au pied

de la colline qu'il fallait monter pour arriver à sa maison, M. de Valmont fût
obligé de faire arrêter sa voiture pour
répondre à l'empressement de tous ceux
qui arrivaient à sa rencontre, et qui lui
témoignaient leur joie de ce qu'il venait
enfin remplacer le bienfaiteur qù'ils
avaient perdu. Madame de Valmont fut
profondément touchée de ces témoigna-
ges d'affection donnés à son mari, et à
la mémoire du bon parent qui leur avait
été enlevé; et elle demanda à Dieu, dans
son cœur, de leur faire la grâce d'être
aussi l'instrument de quelque bien, dans
le pays où ils les appelait à vivre, afin
que cet héritage d'estime et de reconnaissance pût être transmis sans dimi-
nution à leurs enfants.

On devine, sans que nous ayons besoin
de le dire, que la première occupation des
enfants, à leur arrivée, fut de parcourir la
maison du grenier à la cave pour tout voir
autant que le leur permettait leur impa-

tience de passer d'une chose à une autre ; et il faut avouer que les enfants ont le talent de voir vite et bien ; et que bien peu de choses leur ont échappé dans des endroits où il semble qu'ils n'ont fait que passer. La maison obtint leur approbation complète, ils furent enchantés des chambres qui leur étaient destinées, n'oublièrent pas la petite pièce qu'on devait leur abandonner pour leurs futurs vers à soie, et fort désappointés de ce que le jardin, d'ailleurs très joli et très ombragé, ne contenait pas de mûriers ; ils allaient suivre le jardinier dans les champs pour se faire montrer les mûriers qui devaient fournir de la feuille à leurs élèves, lorsque madame de Valmont les rappela, et les engagea à la suivre dans la bibliothèque. Ils y trouvèrent leur père entouré du fermier et de sa famille, des domestiques de son oncle qu'il avait gardés et de ceux qu'il avait amenés. Mes amis, leur disait M. de Valmont, au moment où les enfants entrèrent, ceux d'entre vous qui avaient le bonheur de vivre auprès de mon excellent oncle, se souviendront peut-être que lors de la dernière visite que je lui ai faite, et le matin même de mon départ, lorsqu'il nous eut lu la parole de Dieu et qu'il eut prié avec nous dans cette même pièce où nous sommes maintenant réunis, mon oncle me dit ces paroles que je n'ai pas oubliées : « Tu vas me quitter, mon cher fils, » vous savez qu'il se plaisait à me donner ce nom, « et Dieu seul peut savoir si nous le prierons encore ensemble sur cette terre; mais ce que je sais, et qu'il m'est bien doux de savoir, c'est que si tu ne devais plus me retrouver dans cette maison, Dieu continuerait cependant à y être servi en esprit et en vérité, et que les bonnes habitudes qu'il m'a été donné d'y établir, ne seraient pas abandonnées. » Vous le savez, mes amis, continua M. de Valmont d'une voix émue, une de ces bonnes habitudes auxquelles mon cher oncle

tenait tant, était celle de rassembler chaque matin autour de lui tous les habitants
de sa maison, pour leur lire la Bible et
prier avec eux, et le premier besoin que
j'éprouve en rentrant ici, c'est de suivre,
dès aujourd'hui, le bon exemple qu'il
m'a donné, et de terminer ma première
entrevue avec vous tous par la lecture
de la parole de Dieu et par la prière.
M. de Valmont lut alors le Psaume CI,
ajouta quelques courtes réflexions sur les
résolutions du roi-prophète de « marcher
dans l'intégrité de son cœur au milieu de
sa maison, et de chercher à s'entourer de
ceux qui marchent dans l'intégrité, » et
puis il pria Dieu de bénir son entrée dans
cette maison, de lui faire la grâce d'y
remplacer dignement celui qu'il en avait
retiré pour le recevoir dans la cité céleste,
et de lui donner d'être en bon exemple et
en édification à tous ceux qu'il avait placés
autour de lui, et sur chacun desquels il
implorait aussi les plus précieuses béné-

dictions d'en haut. Tous les cœurs étaient émus, et les enfants sentirent eux-mêmes qu'il n'était pas seulement question dans ce monde de chercher des jouissances; mais surtout et avant tout de remplir des devoirs, et qu'ainsi ce n'était pas seulement un plaisir, mais une chose sérieuse et solennelle que de prendre possession d'une nouvelle habitation.

Les enfants témoignèrent à leur mère un grand désir de voir la ferme et surtout l'endroit où l'on élevait les vers à soie, et le fermier les conduisit dans un très grand bâtiment qu'il leur désigna sous le nom de *Magnanière*, les vers à soie s'appelant dans le midi des *magnans*. La vaste pièce dans laquelle ils entrèrent était remplie de tablettes posées les unes au-dessus des autres, à deux pieds d'intervalle et couvertes de feuilles de mûriers que les vers grignotaient avec un bruit qui ressemblait à celui de la pluie lorsqu'elle tombe sur le feuillage. Les enfants remarquèrent que la pièce était chauffée par des poëles, et le fermier leur dit que, pour que les vers prospérassent, il était nécessaire de maintenir la température à 18 ou 19 degrés de chaleur. Henri demanda alors au fermier s'il voudrait bien lui donner des œufs de vers à soie, et lui indiquer la manière de les élever. Tenez, lui dit le fermier, voilà mon fils Jean qui en sait autant que moi là-dessus, et qui se fera un plaisir de diriger son petit Monsieur avec qui il a grande envie de faire connaissance : c'est un brave garçon qui était toujours le premier à l'école qu'il a quittée à Pàques, et il pourra aussi vous aider pour votre petit jardin. Jean s'approcha et salua madame de Valmont, en tournant son chapeau dans ses mains d'un air embarrassé; mais il n'eut pas causé un quart d'heure avec Henri, tout en achevant de faire le tour de la Magnanière, que sa timidité avait disparu, et qu'ils étaient les meilleurs amis du monde.

Vraiment M. Henri, lui dit Jean, il est bien heureux que nous ayons encore de la graine, quoique les vers soient en général assez avancés ; mais ne vous inquiétez pas, cela ne fait rien, et il y a justement tout près de la maison trois ou quatre mûriers qui ont été retardés et dont les feuilles seront bien assez tendres pour vos petits vers ; on a chauffé le four ce matin, pour faire des galettes en réjouissance de votre arrivée : nous y mettrons la graine lorsqu'il ne sera plus trop chaud, et dans huit jours au plus tard vos vers seront éclos. Huit jours ! s'écria Mathilde, qui avait écouté le jeune garçon avec un vif intérêt, c'est bien long. Ah ! voyez-vous, Mademoiselle, à la campagne il faut de la patience, sans cela l'on ne peut rien avoir ; mais soyez tranquille, nous ne manquerons pas de besogne pendant ce temps-là ; il nous faudra préparer les tablettes pour votre petite chambrée, et puis nous pourrons aussi travailler au jardin. Voulez-vous que nous allions voir ensemble le terrain qu'on vous donne ? Henri et Mathilde demandèrent à leur mère la permission de montrer à Jean leur jardin, et de déballer avec lui les instruments et les graines, et ils firent ensemble de si beaux projets de jardinage qu'ils virent bien qu'ils ne manqueraient pas de travail et d'amusements jusqu'à la naissance des vers à soie.

Cependant, tout en travaillant à leur jardin, nos enfants n'oublièrent pas de préparer des tablettes pour leur petite chambrée ; quand les vers furent éclos ils ressemblaient à des fourmis, et Jean leur montra à piquer avec des épingles des papiers qu'ils posèrent sur les assiettes qui contenaient les vers ; puis ils mirent dessus le papier des rameaux de mûrier, et ils virent les petits vers passer à travers les trous pour venir se nourrir des feuilles ; quand il y en avait un assez grand nombre sur les rameaux, ils les

enlevaient et les posaient sur les tablettes
et ils recommencèrent ainsi jusqu'à ce
qu'il n'y eut plus de vers. Henri trouvait
que ces petits insectes noirs ne ressemblaient guère aux gros vers blancs qu'il
voyait dans la magnanière; mais Jean lui
apprit que pendant la vie des magnans,
qui était généralement de trente à quarante jours, ils changeaient quatre fois
de peau, et que chacune de ces crises
était pour eux une maladie pendant laquelle ils étaient comme endormis, et
ne mangeaient presque rien. Ce n'est pas
là leur ordinaire, voyez-vous, ajouta
Jean qui parlait remarquablement bien
français pour un petit paysan languedo-
cien: car ces magnans sont de vrais
gourmands; ils se contenteront d'abord
de trois repas par jour, mais plus tard
il leur en faudra quatre, et à la fin
jusqu'à cinq ou six. Henri trouvait très
amusant de grimper sur les mûriers
pour cueillir la feuille, et Mathilde la

recevait dans son tablier, ou dépouillait elle-même des mûriers nains qui n'étaient pas beaucoup plus hauts qu'elle.

Un soir, pendant le temps où les enfants étaient le plus occupés de leurs magnans, comme ils s'étaient accoutumés à les appeler, ils prièrent leur père de leur donner quelques détails sur l'histoire de ces insectes : car Jean, qui savait fort bien les élever, ne s'était guère inquiété d'en savoir plus long sur leur compte.

Je le veux bien, mes enfants, répondit M. de Valmont, et je suis bien aise de voir que vous aimez à connaître les choses à fond. Vous saurez donc que les historiens chinois prétendent que l'art d'élever le vers à soie et de fabriquer des étoffes avec le fil brillant dont il forme son cocon remonte à près de 2,700 ans avant Jésus-Christ. Dans les pays les plus chauds de l'Orient les vers s'élèvent en plein air sur les mûriers; mais dans nos contrées on est obligé de les enfermer dans des

209

maisons que l'on chauffe, comme vous le
voyez tous les jours. Il paraît que les
Grecs ne connaissaient que très impar-
faitement cet insecte, et sous l'empereur
Tibère, c'est-à-dire à l'époque où vivait
notre Seigneur, la soie était si chère à
Rome, qu'il était défendu aux hommes
de porter des habits de soie. Mais, vers
le milieu du sixième siècle, deux moines
apportèrent des Indes à Constantinople
des œufs de vers à soie et des plants de
mûriers. De Constantinople, les vers à
soie se répandirent dans les autres parties de l'Europe, mais bien lentement
à ce qu'il paraît, puisque ce ne fut que
sous Charles VIII qu'ils furent introduits
en France, c'est-à-dire vers la fin du
quinzième siècle. Henri IV fit planter des
mûriers dans les Tuileries, et fit cons-
truire dans ce jardin un bâtiment destiné
à l'éducation des vers à soie.

MATHILDE.

Une magnanière dans les Tuileries

que cela est singulier ! je croyais que l'on n'élevait des magnans que dans le Midi.

MONSIEUR DE VALMONT.

C'est en effet ce que l'on a cru pendant long-temps, mon enfant : car l'essai fait sous le règne d'Henri IV n'avait pas eu de suite. Mais depuis quelques années on a fait de nouveaux essais qui ont prouvé que l'on pouvait récolter de bonne soie, non seulement aux environs de Paris, mais encore en Allemagne, en Prusse, et même en Suède et en Russie ; la difficulté n'est pas, à ce qu'il paraît, de donner assez de chaleur aux vers puisqu'on les tient dans des chambres bien chauffées et qu'on consulte les thermomètres, mais c'est que les froids tardifs du printemps frappent souvent les mûriers de gelée et que, lorsque ce malheur arrive, on est fort embarrassé pour nourrir les vers à soie.

MATHILDE.

Papa, que ferons-nous de nos cocons

211

quand ils seront faits ? Si cela était possible, j'aimerais bien de les voir tirer, et puis de faire teindre la soie et d'en avoir des pelotons ; ce serait si joli de coudre quelque chose avec la soie de nos vers.

MADAME DE VALMONT.

Ce que tu demandes là est très facile, mon enfant, madame D***, qui est venue me voir ce matin, et qui demeure à une lieue d'ici, m'a dit que son mari faisait tirer beaucoup de soie ; je lui ai demandé la permission de vous conduire chez elle pour voir cette opération. Vous n'aurez qu'à emporter une partie de vos cocons, et elle aura bien la bonté de les faire tirer devant nous.

HENRI.

Oh ! ma chère maman que vous être bonne d'avoir pensé à cela, et que ce sera amusant. Mais nous n'en sommes pas encore là, il n'y a que deux ou trois jours que nous avons placé nos buissons de genêt et de bruyère, et nos vers com-

mencent à peine à monter. Je ne suis pas
fâché qu'ils prennent ce parti : car ils
mangeaient tant depuis quelques jours
que nous avions assez d'occupation à leur
cueillir de la feuille.

Pendant que les vers montaient, nos petits amis eurent un jour beaucoup de sou-
cis : car tout annonçait un violent orage,
et ils savaient qu'à cette époque cela
risque de faire retomber les vers ; mais
heureusement·l'orage s'éloigna, et il n'y
eut que quelques faibles coups de tonnerre
qui ne firent aucun tort à leurs élèves.

Ils se virent enfin en possession d'une
quantité assez considérable de beaux
cocons de différentes nuances, depuis le
blanc le plus pur jusqu'au jaune d'or. Ils
en mirent à part quelques-uns, qu'ils
voulaient garder pour en voir sortir les
papillons et pour avoir de la graine pour
l'année suivante, et ils rappelèrent à leur
mère qu'ils devaient en porter une partie
chez madame D*** pour les voir tirer.

213

Madame de Valmont n'avait pas oublié sa promesse, et l'on convint de partir le lendemain de très bonne heure pour éviter la chaleur, et de commencer par aller voir une bonne vieille qui avait soigné M. de Valmont quand il était petit, et qui demeurait dans le même village. C'était deux plaisirs au lieu d'un, et l'on n'eut pas besoin de réveiller les enfants qui furent tout prêts à l'heure indiquée.

L'on mit les cocons dans les paniers de l'âne qui devait servir de monture aux enfants. M. et madame de Valmont allèrent à pied, et Jean se chargea de conduire la monture trop entêtée pour que Henri, quelque bon cavalier qu'il crût être, pût avoir la prétention de la diriger tout seul.

La vieille Susanne fut enchantée de revoir M. de Valmont et de faire connaissance avec sa femme et ses enfants. Elle ne pouvait se lasser de regarder Henri, qui, disait-elle, ressemblait comme deux gouttes

d'eau à son cher papa lorsqu'il avait son
âge, et qu'il était si gentil et si docile. La
bonne vieille vivait avec sa fille, son gendre
et deux petits-fils un peu plus âgés
qu'Henri et avec lesquels il ne put pas
faire de grandes conversations parce qu'ils
ne parlaient guère que patois ; mais cela
ne l'empêcha pas de s'amuser beaucoup à parcourir le jardin avec eux, et à
regarder les abeilles travailler dans une
ruche à laquelle on avait mis un carreau
de verre ; d'ailleurs Jean leur servait d'in-
terprète. Madame de Valmont demanda
qu'on mît la table du déjeuner sous une
treille qui était dans le jardin, et on
plaça dessus une belle tranche de jambon,
des œufs, du café à la crême et un rayon
de miel dont Henri et Mathilde se réga-
lèrent ; ils trouvèrent aussi excellentes des
fraises que les petits-fils de Susanne
venaient de cueillir dans le jardin. Madame de Valmont avait apporté à Susanne
une robe de toile à grands ramages, qui

fit un effet merveilleux, Henri lui donna un tablier, et Mathilde un beau fichu, qui allait très bien avec la robe. La bonne vieille fut charmée de ces attentions et elle promit de mettre toutes ces belles choses lorsqu'elle irait sur son âne rendre la visite qu'on lui faisait; et Henri ne manqua pas de l'engager à amener ses deux petits-fils, qui se tinrent volontiers pour invités.

On alla ensuite chez Madame D*** qui se fit un plaisir de conduire ses hôtes dans l'endroit où l'on tirait la soie. C'était un grand bâtiment, où l'on voyait rangés sur plusieurs files des bassins de cuivre remplis d'eau chaude, dans lesquels étaient entassés des cocons; on découvrait les bouts de la soie en brossant légèrement le cocon, et pour les dévider, ces bouts étaient placés dans des trous pratiqués dans une barre de fer horizontale, placée sur le bord du bassin, ce qui faisait qu'ils ne pouvaient pas se mêler ensemble.

216

M. D*** qui était occupé à surveiller
ses ouvrières, prit plaisir à expliquer aux
enfants tout ce qu'ils voyaient ; il leur fit
remarquer que l'extérieur du cocon était
composé d'une espèce de coton appelée
bourre, mais qu'en dedans le fil était plus
distinct et plus régulier, et que près du
corps de la nymphe le cocon paraissait
être doublé d'une substance aussi épaisse
et plus forte que du papier ; ils virent
aussi que le fil qui composait le cocon
n'était pas roulé régulièrement en rond,
mais qu'il était placé au contraire d'une
manière très irrégulière, et pelotonné
tantôt d'une manière et tantôt d'une autre. On en mesura un et on trouva qu'il
avait environ trois cents aunes de long ;
mais ce fil est si fin qu'il faut toujours en
réunir huit ou dix brins pour en faire
usage dans les manufactures.

M. D*** eut la complaisance de faire
tirer une partie des cocons de Henri et de
Mathilde en leur présence, et il leur indi-

qua un fabricant qui leur ferait teindre et tisser leur soie comme ils le désireraient. On peut juger de la joie de nos enfants : Henri déclara aussitôt que la première cravate qu'il porterait serait le produit de ses cocons, et Mathilde voulut en avoir une robe pour sa poupée, et un petit fichu pour sa mère.

Lorsque l'on eut tout vu, on retourna chez M. D*** qui avait un très bon microscope et qui montra aux enfants plusieurs objets qu'ils trouvèrent très curieux, et entr'autres, une mouche, une aiguille très fine, des cheveux, et un fil de soie. Vous savez sûrement, leur dit-il, que le ver à soie tire les matériaux de ses cocons de deux sacs assez longs placés au-dessus de ses intestins, et remplis d'une gomme fluide de la couleur du souci, et que l'appareil qu'il emploie pour donner la finesse nécessaire à ses fils, ressemble à la filière d'un tireur d'or. Eh bien ! en examinant ce fil au microscope, vous allez voir qu'il est plat d'un côté et évidé de l'autre, ce qui fait penser que chaque sac fournit son brin, et que le fil est doublé à l'instant même où il sort du corps de l'insecte et que les deux brins s'unissent ensemble par la nature gluante de la substance dont ils sont formés.

Henri et Mathilde, fort enchantés d'avoir ainsi complété leur étude du ver à soie et de son cocon, remercièrent beaucoup M. et madame D*** de toutes les bontés qu'ils avaient eues pour eux, et repartirent gaiement pour retourner à la maison.

Nos deux enfants ne manquaient pas de visiter souvent les cocons qu'ils avaient mis à part, et au bout d'une quinzaine de jours ils eurent le plaisir d'en voir sortir quelques papillons blancs. Leur père leur apprit que la transformation de l'insecte n'était pas plus tôt opérée, qu'il étendait sa tête vers la pointe du cocon, et travaillait à la percer pour parvenir à sortir de sa prison ; qu'il grossissait à mesure qu'il redoublait d'efforts pour se délivrer, et il leur montra les restes de la nymphe dans le cocon comme un paquet de linge sale. Quelque temps après, les femelles pondirent, et comme elles font chacune quatre ou cinq cents œufs, on eut une bonne provision de graine que l'on mit de côté pour le printemps suivant.

M. et madame de Valmont se réjouirent de la persévérance qu'avaient montrée leurs enfants ; et en causant avec eux des merveilles qui avaient passé sous leurs yeux pendant l'éducation de leurs vers à soie, ils s'efforcèrent de diriger leurs pensées vers l'Auteur de ces merveilles, vers ce Dieu tout sage, tout puissant et tout bon qui nous invite sans cesse, par le spectacle de ses œuvres, à élever nos cœurs vers lui pour admirer et pour bénir.

NOUVEAU

MAGASIN DES ENFANTS.

LA COLLECTION DE COQUILLES.

Qui est-ce qui se souvient d'une histoire qui porte pour titre *Les Bains de
Mer?* Presque tous mes lecteurs, j'aime à
m'en flatter. Je puis donc continuer à

leur raconter, sans autre préambule, les
aventures de la sage Eugénie, de son frère
Gustave, et de sa petite sœur Marie. Madame Mercourt avait fait le projet de les
ramener à T. l'année suivante, mais ce
projet ne put pas s'accomplir, et ce ne
fut qu'en juillet 1839 que cette famille
songea à reprendre la route de la Normandie. On s'occupait activement des
préparatifs du voyage, et Marie avait déjà
fait et défait plus d'une fois ce qu'elle appelait gravement les malles de sa poupée,
lorsque madame Mercourt appela ses trois
enfants et leur dit : « J'ai une proposition à vous faire ; votre père, qui n'est pas
très occupé dans ce moment, a l'intention
de nous accompagner à T., et d'y passer
quelques jours avec nous... » A cette parole, l'orateur fut interrompu, comme on
dirait à la Chambre des Députés, par de
grands cris d'approbation et de joie :
« Papa vient avec nous ! quel bonheur !
comme nous allons nous amuser en

voyage ! » Lorsque la maman fut parve-
nue à rétablir le silence, elle ajouta :
« Comme nous aurons un protecteur, et
qu'ainsi nous pourrons sans témérité nous
lancer dans les aventures, votre père
vous propose de varier le plaisir du voyage
en le faisant en bateau à vapeur. » Nouvelle interruption et acclamations redou-
blées. La proposition fut acceptée à l'una-
nimité. Gustave se crut grandi de deux
pouces au moins lorsqu'il apprit qu'il allait faire un voyage par eau, et qui plus
est par mer ; car le projet était d'aller au
Hâvre, d'y passer un jour pour voir la ville
et le port, et puis d'aller par mer à T., qui
n'en est pas fort éloigné. Quelle belle per-
spective pour un garçon de dix ans qui
n'avait jamais voyagé par eau ! Il ne manquera plus à ma satisfaction, disait-il à
son père, que d'aller à Saint-Germain ou
à Versailles par le chemin de fer, alors
je connaîtrai toutes les belles inventions
du siècle. Il est facile de te procurer ce

plaisir, lui répondit son père, nous laisserons partir ta mère et tes sœurs sur le bateau, et nous irons les rejoindre à Saint-Germain par le chemin de fer. Je laisse à penser si ce père si complaisant fut remercié et caressé.

M. Mercourt avait d'abord un peu hésité à laisser aller Gustave aux bains de mer ; il lui avait fait commencer le latin depuis quelques mois, il comptait l'envoyer comme externe, au collége, à la rentrée des classes, et il craignait fort que le latin ne se trouvât assez mal du voyage. D'un autre côté, les vacances approchaient, les bains devaient le fortifier et le développer, et puis ce voyage devait le rendre si heureux ! et il avait fait de si belles promesses de redoubler d'ardeur pour le travail, qu'il n'y avait pas eu moyen de résister.

Quelques jours après avoir pris cette grande décision, M. Mercourt eut la satisfaction d'apprendre qu'un de ses amis,

M. Ferval, qui avait un fils de l'âge de Gustave, se décidait à conduire sa famille à T. On s'arrangea pour loger dans la même maison, et M. Ferval promit de faire travailler les deux petits garçons, qui étaient grands amis, et d'être au moins aussi sévère que leur maître sur la perfection des thêmes et des versions, et sur l'exactitude à répéter les leçons. La joie fut générale et complète ; car M. Ferval avait une petite fille qui n'était guère plus âgée que Marie, et ces deux demoiselles firent aussi leurs projets, non pas de traduire du latin, mais de promener ensemble leurs poupées; elles voulaient même leur faire des costumes de bain, et l'on eut assez de peine à leur persuader que des bains de mer ne seraient pas très salutaires pour des petites filles de carton.

Les plus âgées de nos lectrices, dont la grande sympathie est probablement pour Eugénie, diront peut-être ici : Voici des compagnons de travail et de jeu fort

193

agréables pour Gustave et Marie ; mais nous ne voyons pas là de compagne pour notre amie Eugénie, car il paraît que madame Herbert et ses enfants ne devaient pas être du voyage. Cela est vrai, mes chères amies : madame Herbert était alors en Suisse avec toute sa famille, et ses enfants se dédommageaient de la privation des bains de mer en se baignant dans le beau lac de Genève ; mais ne soyez pas en peine d'Eugénie ; elle a treize ans maintenant : dans ses moments sérieux, il n'est aucune société qui lui soit aussi précieuse et aussi agréable que celle de sa mère ; et dans ses moments d'enfantillage, qui reviennent encore quelquefois, elle s'arrange assez bien de Gustave, et même de Marie, et ce n'est pas toujours uniquement par complaisance qu'elle veut bien entrer avec elle dans de profondes discussions sur la toilette de sa poupée.

Nous sauterons à pieds joints par-dessus les conversations, agitations, préparations sans fin qui précédèrent le départ. Le grand jour arriva, c'était un mardi ; le temps était superbe ; *les dames*, comme disait Marie, s'embarquèrent de bonne heure sur le bateau à vapeur, et les *messieurs* partirent par le chemin de fer. Gustave était enchanté de la rapidité de la course, et il aurait volontiers passé tout le temps du trajet à regarder marcher la voiture, si son père ne lui eût fait comprendre qu'il y avait du danger à sortir la tête de la portière, et qu'il fallait savoir se tenir tranquille dans la voiture. Le chemin de fer conduit plus vite à Saint-Germain que le bateau à vapeur, et Gustave eut tout le temps de voir la ville et d'admirer la belle vue de la terrasse du château avant de rejoindre sa mère et ses sœurs, auxquelles il fit un beau récit de tout ce qu'il avait déjà fait et vu lorsqu'il eut achevé de visiter avec son père tous les coins et recoins du bateau. Madame Mercourt s'était établie sur le pont

195

avec son ouvrage. Marie jouait avec un chat qui appartenait à une vieille femme qui allait voir des parents en Normandie, et qui n'avait pas voulu se séparer de son chat. Eugénie avait tiré un livre de son sac, mais elle levait souvent les yeux pour admirer les rives de la Seine, qui étaient alors dans toute leur beauté ; et Gustave regardait tourner la roue, suivait dans l'air la trace de la fumée noire qui s'échappait de la haute cheminée, et écoutait les explications que lui donnait son père sur le mécanisme qui faisait marcher le bateau sans voiles ni rames. On arriva enfin à Rouen, où l'on devait coucher ; et comme les enfants s'étaient levés de grand matin, dès qu'ils eurent soupé et remercié Dieu tous ensemble de les avoir fait arriver jusque-là sans accidents, ils furent assez pressés d'aller se coucher.

Le lendemain matin nos voyageurs parcoururent la ville ; avant de se rembar-

quer pour le Hâvre, ils admirèrent la
belle église de Saint-Ouen ; et la petite
Marie, qui se connaissait mieux en bon-
bons qu'en architecture gothique, regarda
avec un intérêt encore plus vif les boutiques de confiseur dans lesquelles on voyait
de gros bâtons de ce sucre de pommes
de Rouen dont la réputation si bien mé-
ritée est si généralement connue des enfants. M. Mercourt remarqua la direction
que prenaient les yeux de la petite fille, et
disant à Gustave qu'un bon voyageur
devait examiner les produits des pays
qu'il visitait, il entra avec les enfants chez
le confiseur le plus renommé de la ville,
et acheta du sucre de pommes et quelques
pots de gelée destinés à faire les desserts
et les goûters de T., les jours où l'on
n'aurait pas de fruit.

On partit pour le Hâvre. M. et madame
Mercourt et Eugénie jouirent beaucoup
des beaux points de vue que présentent
les bords de la Seine entre Rouen et le

Hâvre; mais Gustave et Marie avaient trouvé sur le bateau des compagnons de jeu, et main chaude et pigeon vole avaient encore plus d'attrait pour eux que les beaux paysages.

Je voudrais pouvoir faire à mes lecteurs une description du Hâvre, de son port et des riantes collines qui le dominent, mais il n'y a de bonnes descriptions que celles des gens qui ont vu ce qu'ils veulent peindre, et comme je n'ai vu le Hâvre que du petit port de T. dans lequel je vais conduire nos voyageurs, je trouve plus prudent de m'abstenir de détails que je serais obligée d'aller chercher dans les livres.

Après un jour de séjour au Hâvre, on se rembarqua pour T. sur le bateau à vapeur, et Gustave était fort combattu entre le plaisir et la gloire de naviguer sur mer, et la crainte de ce mal de mer dont il avait entendu faire des descriptions si peu attrayantes. Cependant, la mer était assez calme ce jour-là, et la navigation n'étant pas longue, Eugénie et Gustave en furent quittes à très bon marché, et la pauvre petite Marie fut la seule de la famille qui sût bien réellement ce que c'était que le mal de mer.

En arrivant dans le logement qu'elle avait occupé deux ans auparavant, madame Mercourt trouva la famille Ferval déjà établie; et les enfants se racontèrent mutuellement fort en détail tous les événements de ce grand voyage qu'ils venaient d'accomplir, les uns par terre, et les autres par eau.

Je m'arrêterai un moment ici pour faire à mes lecteurs mes humbles excuses d'un oubli dont je me suis rendu coupable, et qui peut avoir eu le grave inconvénient de faire accuser de légèreté mes jeunes voyageurs. Plusieurs de ceux qui lisent cette histoire sont probablement fort étonnés d'y avoir cherché inutilement jusqu'ici le nom de cette Marianne qui avait inspiré, deux ans auparavant, un si tendre intérêt à la famille Mercourt, et pour qui l'on avait fait une si belle vente. Rassurez-vous, mes chers enfants, lors même que la petite Marie aurait pu oublier sa favorite Catherine qui faisait de si belles révérences, Eugénie se serait certainement souvenue de Marianne, de sa bonne vieille mère, qui était si pieuse et si résignée, et de la gentille Jeanneton. Le fait est que nos petits amis avaient si peu oublié cette famille intéressante, qu'ils se faisaient un grand plaisir de la revoir, et que le choix des petits cadeaux qu'ils lui destinaient avait donné lieu à de longues conversations entre eux.

On était à peine arrivé, que Marie parlait déjà d'aller voir Marianne ; mais madame Mercourt déclara qu'il fallait commencer par s'installer, et que l'on ne sortirait qu'après le dîner. Marie se consola de cette petite contrariété en défaisant les paquets de sa poupée et en rangeant sur une tablette ce qu'elle appelait sa bibliothèque, c'est-à-dire cinq ou six volumes qui contenaient les leçons qu'on lui faisait apprendre et les histoires qu'elle lisait pour s'amuser.

Aussitôt qu'on eut achevé de dîner, Marie ne manqua pas de rappeler à sa mère sa promesse, et chacun s'étant chargé de son petit paquet, on partit pour la chaumière de Marianne. Lorsque madame Mercourt arriva près de la porte qui était entr'ouverte, elle entendit la voix de quelqu'un qui lisait; elle fit signe à ses enfants de ne pas faire de bruit, et jouit un moment du paisible spectacle que présentait l'intérieur de cette chambre. La bonne vieille mère tricotait, et Marianne et Catherine cousaient, tandis que Jeanneton lisait un chapitre du Nouveau-Testament de manière à faire voir qu'elle comprenait bien ce qu'elle lisait. Lorsque le chapitre fut fini, madame Mercourt frappa un petit coup sur la porte, et Jeanneton, qui s'en approcha, fit

une exclamation de joie en la voyant; la
bonne vieille laissa tomber son tricot, et
Marianne fut si saisie qu'elle s'efforça en
vain d'exprimer à madame Mercourt
combien elle était heureuse de la revoir.
Le calme se rétablit peu à peu, on put
écouter les questions et y répondre, et
madame Mercourt apprit avec beaucoup
de satisfaction que toute la famille avait
prospéré depuis son départ. La bonne
mère, bien chaudement vêtue au moyen
de la vente, n'avait presque pas souffert
de son rhumatisme pendant ces deux hi-
vers; Marianne n'avait pas manqué d'ouvrage; Jeanneton lui était très utile pour
les soins du ménage; Catherine elle-
même commençait à coudre et à tricoter
passablement, et le petit Thomas gagnait
sa nourriture en gardant les oies d'un de
ses parents qui était fermier. « Vous
voyez donc, ma bonne dame, dit Marianne en finissant, que je ne saurais
assez bénir Dieu de tous les biens qu'il

m'accorde; et maintenant il veut bien me faire aussi la grâce de vous revoir et de vous remercier, car c'est à vous après lui que je dois toute la prospérité dont je jouis.

Marie avait déjà tiré deux ou trois fois sa mère par la manche, et madame Mercourt, qui comprenait son impatience, lui permit de faire son petit cadeau à Catherine, qui s'était mise tout près d'elle et qui la regardait de tous ses yeux sans oser lui parler. Marie ne se le fit pas dire deux fois, et elle donna à Catherine un joli tablier d'indienne qu'elle avait fait elle-même pour elle; la petite fille en fut si charmée qu'elle voulut le mettre sur-le-champ, et sa joie redoubla encore lorsqu'en mettant sa main dans la poche, elle y trouva un dé, un étui rempli d'aiguilles et une paire de ciseaux. Eugénie avait fait une camisole doublée pour la vieille mère et un tablier pour Jeanneton; et madame Mercourt dit à Marianne de venir le lendemain chercher chez elle une pièce d'indienne d'où l'on devait tirer des robes pour la grand'mère, la mère et les deux petites-filles. Gustave, qui n'avait pas oublié son protégé Thomas, avait été assez contrarié de ne pas le trouver chez sa mère, mais il rentra à temps pour recevoir deux cravates qu'il lui avait achetées.

La visite s'était prolongée assez longtemps, et madame Mercourt rappela à ses enfants que leur père les attendait sur la plage ; ils dirent donc adieu à Marianne, et se dirigèrent de ce côté. Gustave fit remarquer à sa mère tous les changements qui avaient eu lieu depuis leur premier voyage. On avait bâti une quantité de jolies maisons grandes et petites, couvertes en ardoises, dans les environs de la plage ; plusieurs autres étaient en construction, et l'on voyait étalés dans plusieurs boutiques assez jolies des objets qu'on aurait cherchés en vain à T. deux ans auparavant. Tout annonçait une ville en voie de progrès et de prospérité, et l'affluence des étrangers prouvait que ce petit port, jadis assez peu connu, était maintenant à la mode pour les bains de mer. La soirée était superbe, la plage était couverte de promeneurs, et M. Mercourt, qui la voyait pour la première fois, ne pouvait se lasser d'admirer combien elle était vaste, unie et commode pour les baigneurs. Arthur et Juliette étaient fort occupés à chercher des coquilles; ils engagèrent Gustave et Marie à les aider, en leur disant qu'ils voulaient faire une collection de coquilles, et que leur père leur avait promis de leur apprendre à les classer. Gustave prit feu aussitôt, il voulut aussi avoir sa collection de coquilles, et M. Mercourt, qui était charmé qu'il employât ses récréations de cette manière, ne se fit pas prier pour lui promettre de lui donner une armoire pour ses coquilles, pourvu qu'il sût lui dire leurs noms et

ceux de quelques-uns des animaux auxquels elles avaient appartenu. Il ajouta
même que comme il craignait que la collection ne fût fort incomplète si l'on se
bornait aux coquilles ramassées sur la
plage, il autorisait M. Ferval à en acheter pour son compte de plus jolies. Il y
eut alors de grandes explosions de joie et
de reconnaissance. Eugénie prit la chose
aussi vivement que les autres, et sa mère
l'encouragea à s'occuper de cette collection, en lui disant que l'étude de cette
portion des œuvres de Dieu lui fournirait
de nouvelles occasions d'admirer la sagesse et la puissance de Celui qui revêt
les fleurs des champs et les coquilles que
recèlent les profondeurs de la mer avec
une magnificence que les rois de la terre
chercheraient en vain à égaler.

Gustave et Marie, vieux habitués des
bains de mer, donnèrent l'exemple à leurs
amis. La pauvre Juliette avait bien envie
de pleurer au moment où on la plongea

dans cette eau si froide, mais la mer était unie comme une glace ce jour-là, et en voyant Marie rire et folâtrer à côté d'elle elle s'efforça de faire bonne contenance. Quant à Arthur, il s'imagina que la mer serait toujours aussi calme que le premier jour, et il se moquait déjà de Gustave, qui avouait qu'il avait été renversé plus d'une fois par les vagues ; mais le second jour, au moment où il recommençait ses fanfaronnades, une grande vague lui imposa silence en le culbutant entièrement, et les autres se moquèrent un peu de son air confus et des efforts qu'il faisait pour se débarrasser de l'eau salée qu'il avait avalée.

Lorsque M. Mercourt repartit pour Paris, nos jeunes naturalistes ne rêvaient que vis, buccins et porcelaines. Juliette pensait même à faire un collier de perles fines à sa poupée avec les perles qu'elle trouverait dans les huîtres ; et elle fut un peu désappointée lorsque son père lui dit

207

que si elle voulait trouver des perles fines
elle ferait bien de partir pour l'île de Ceylan ou le golfe persique, et que là même,
il n'était pas permis à tout le monde de
pêcher des perles, mais seulement à des
plongeurs employés par ceux qui possé-
daient ce privilége. Elle fut encore plus
surprise d'apprendre que ces perles qu'elle
trouvait si jolies étaient une maladie des
huîtres dans lesquelles on les trouvait.

Les enfants étaient allés bien des fois
jusqu'aux grands rochers noirs qui termi-
nent la plage, et s'étaient amusés à regarder les pauvres gens de T. détacher
les moules qui sont une si grande ressource
pour eux, soit qu'ils les vendent aux
étrangers, soit qu'ils en fassent leur nourriture. Gustave et Arthur avaient pris
plaisir à détacher eux-mêmes des moules,
et avaient mis à part quelques-unes des
plus jolies coquilles pour leur collection.
Un jour on fit le projet de dîner de bonne
heure, de traverser la rivière en bateau

et de faire une longue promenade de découvertes du côté de ce qu'on appelle le Maraïs. On se promettait de trouver des choses merveilleuses dans ces pays lointains, aussi fut-on fort désappointé lorsque le ciel se couvrit de nuages noirs, et qu'une pluie continue vint enlever toute espérance de promenade pour ce jour-là. Cependant, il faut rendre justice à notre petite troupe, s'il y eut contrariété, il n'y eut pas d'humeur, ni des mines trop alongées, et chacun songeait à chercher une occupation ou un amusement pour la soirée, lorsque M. Ferval vint faire la proposition d'examiner les coquilles avec les enfants, et de leur donner quelques explications à leur portée sur ces brillantes enveloppes et sur les animaux auxquels elles avaient appartenu. On comprend qu'il n'y eut pas d'opposition ; on apporta les plus jolies coquilles sur la table ; petits et grands se rangèrent tout autour, et M. Ferval annonça qu'il allait commencer sa leçon de conchyliologie.

Voilà un bien grand mot, n'est-ce pas, dit-il à son auditoire : qu'il ne vous effraie pas cependant, mes enfants, car il veut dire tout simplement discours sur les coquilles, ou science des coquilles, et je ne vous donnerai qu'une très petite dose de cette science-là, par l'excellente raison que je ne sais moi-même que très peu de chose sur cette partie de l'histoire naturelle. Quand je me trouverai en défaut je consulterai quelques bons livres que j'ai apportés, et qui m'ont déjà fourni des détails très intéressants sur les animaux auxquels ont appartenu ces coquilles. On les appelle *mollusques* ou animaux mous, et l'on a réuni sous ce nom de mollusques tous les animaux dont le tronc, c'est-à-dire la partie moyenne du corps, n'est pas formé de pièces articulées, c'est-à-dire distinctes et mobiles. Ils ont des nerfs qui correspondent à une espèce de cerveau et qui se rendent à tous les organes. Ils sont tous doués d'organes pour respirer l'air ou l'eau, ce qui les distingue des zoophytes ou animaux-plantes qui en sont privés; et ils diffèrent aussi des vers, des crustacés et des insectes, en ce que les animaux qui composent ces trois classes ont un tronc composé de pièces articulées, et que les insectes et les crustacés ont même des membres composés de petits leviers mobiles les uns sur les autres. Vous connaissez les vers et plusieurs insectes : je vous ferai connaitre aussi les crustacés, en ajoutant que les écrevisses et les crabes appartiennent à cette classe d'animaux. Revenons à nos mollusques : leur peau est généralement molle, comme leur nom l'indique, et elle forme autour du corps une sorte d'enveloppe qu'on nomme *le manteau*. Quelques-uns de ces animaux sont nus comme les limaces que vous connaissez, et les sèches et les calmars dont je vous parlerai plus tard; les autres sont protégés par une croûte calcaire ou

coquille : on donne à ces derniers le nom
de *testacés*, c'est-à-dire animaux couverts
d'un *têt* ou enveloppe dure. Vous vous trom-
periez, mes enfants, si vous pensiez que
les coquilles sont les maisons des mollusques, et qu'ils peuvent en sortir et y rentrer comme fait un certain crustacé appelé le *Pagure*, et vulgairement *Bernard
l'ermite*, qui s'empare d'une coquille vide
pour la changer ensuite contre une autre
lorsqu'il s'y trouve trop à l'étroit. On ne
peut pas dire non plus que les coquilles
soient les habits des mollusques, puisque
quelques-uns d'entre eux ont leur coquille
en dedans au lieu d'en être couverts :
d'ailleurs, comme vous avez pu le remarquer en mangeant des huîtres et des
moules, la coquille tient au corps de l'animal, dont elle est le produit. C'est ordinairement dans l'épaisseur du manteau
que se sécrètent les croûtes calcaires,
c'est-à-dire semblables à de la chaux,
qu'on nomme coquilles, et dans lesquelles

vous avez remarqué une si grande variété
de formes et de couleurs. On distingue
d'abord ces coquilles en univalves, c'est-
à-dire coquilles d'une seule pièce, comme
ces vis, ces buccins, ces porcelaines que
nous avons là sous les yeux; en bivalves,
ou coquilles à deux pièces, comme les
huîtres, les moules, les cames, etc., et en
multivalves ou coquilles de plusieurs pièces, telles que les balanites ou glands de
mer.

On a partagé les mollusques en deux
grandes sections, selon que ces animaux
présentent ou non une tête distincte du
reste du corps, et ces deux sections se
partagent encore chacune en trois classes.
Je vous parlerai seulement des céphalopodes, qui sont en général de grosses mas-
ses qui semblent renfermer le corps d'un
animal comme dans un sac; leur tête sort
de ce sac; elle est grosse, munie de deux
yeux et surmontée de longs appendices
qu'on nomme *tentacules*, et qui sont gar-

nis d'un grand nombre de ventouses : c'est à l'aide de ces huit ou dix bras qu'ils s'accrochent et se traînent sur les rochers, et qu'ils saisissent les crabes et les autres animaux marins dont ils se nourrissent. Il y a des mollusques qui vivent presque toujours sous terre, mais ils sont en petit nombre ; d'autres vivent dans l'air, à la surface de la terre, comme les hélices, vulgairement appelés colimaçons, que nous connaissons tous ; quelques-uns respirent l'air tout en vivant dans l'eau ; mais les plus nombreux de beaucoup sont ceux qui vivent dans l'eau douce ou salée, courante ou stagnante ; et parmi ceux-là on distingue encore ceux qui vivent près des côtes, et ceux qui se tiennent dans la haute mer.

Il me semble, dit Gustave, que l'on peut encore distinguer ceux qui demeurent attachés aux rochers, comme les moules et les huîtres, et ceux qui vont de côté, et d'autres avec leurs coquilles sur le dos.

Je vous ferai remarquer, mes enfants,
reprit M. Ferval, que les animaux de cette
espèce sont généralement fort inoffensifs
pour l'homme, à l'exception des colimaçons, qui mangent si souvent nos plus
beaux fruits; des pholades, qui gâtent les
digues en rongeant les pierres, et surtout
du taret, qui s'est acquis une fâcheuse célé-
brité par les dégâts qu'il cause. En 1731
les tarets manquèrent de submerger la
province de Zélande en Hollande, en at-
taquant les pilotis des digues qui défendent
cette province contre les envahissements
de la mer.

Quelle singulière chose cependant, dit
Eugénie, qu'un si petit animal puisse
mettre en danger tout un pays !

Hélas ! mon enfant, dit madame Mercourt, ne voyons-nous pas tous les jours
qu'il faut bien peu de chose pour faire périr les peuples et les individus. Combien
de fois n'est-il pas arrivé qu'une seule
étincelle a allumé un incendie qui a con-

sumé des centaines de maisons, et qu'un
seul vaisseau a apporté une maladie con-
tagieuse qui a ravagé des provinces entières. Lorsque de semblables pensées se
présentent à nous, il est doux de se rappeler que toutes les causes secondes n'a-
gissent que sous la direction et par la
permission de ce Dieu tout sage, tout-puis-
sant et tout bon, qui a promis dans sa
parole de faire « contribuer toutes choses
au bien de ceux qui l'aiment.» Tant qu'il
jugera bon pour nous de rester en ce
monde, toutes les puissances de la nature
ne pourront pas nous en faire sortir; et
lorsqu'il voudra nous rappeler auprès de
lui, il emploiera les moyens qu'il trouvera
les plus convenables. Sur cela, comme
sur toutes choses, nous pouvons nous en
rapporter à celui qui peut tout et qui nous
aime.

Mon père, dit alors Arthur, vous venez
de nous dire qu'il y avait très peu de mol-

lusques qui fussent nuisibles. Y en a-t-il qui soient utiles ?

Voilà bien la question d'un petit garçon qui parle sans réfléchir, lui dit son père ; je suis sûr que Marie pourrait te répondre là-dessus.

Et certainement, Arthur, dit Marie, très flattée de cette interpellation, tu ne penses donc pas aux huîtres que tu aimes tant, et aux moules qui sont si utiles aux pauvres gens de T..?

J'ajouterai, reprit M. Ferval, qu'il est plusieurs autres mollusques qui sont fort recherchés comme nourriture dans certains pays. Les tarets eux-mêmes, qui font tant de dégât, sont, à ce qu'on prétend, encore plus délicats que les huîtres ; et les poulpes, les sèches et les calmars sont fort recherchés en Grèce et en Italie. J'ai vu souvent manger des escargots avec plaisir dans le Midi de la France, et les anciens Romains en faisaient un si grand cas qu'ils les rassemblaient dans des

parcs pour les engraisser et les rendre plus
succulents. On retire du corps des sèches
une bourse qui contient une humeur noire
dont elles font usage pendant leur vie
pour se soustraire à la poursuite de leurs
ennemis, en colorant l'eau dans laquelle
elles se cachent. C'est avec cette humeur
noire qu'on fait la sépia dont Eugénie se
sert pour peindre le paysage. On croit
que l'encre de la Chine se fait avec une
humeur semblable. Les anciens tiraient,
des mollusques appelés pourpres, la belle
couleur pourpre dont on teignait les vêtements des rois et des grands. La liqueur
que l'on trouve dans l'animal est d'abord
blanche, elle devient ensuite verte, et elle
ne rougit que lorsqu'elle a été quelque
temps exposée à l'action de la lumière.

Est-ce qu'on ne sert plus de cette liqueur à présent? demanda Gustave.

Non, mon ami, répondit M. Ferval, on
lui a substitué la couleur que l'on tire d'un
insecte appelé cochenille, qui vit dans le

Mexique sur une plante appelée le nopal. Les mollusques appelés pinnes-marines, et auxquelles leur forme a fait donner le nom de jambonneaux, fournissent des matériaux de vêtements; elles filent une espèce de soie qu'on nomme laine de pinne-marine, soie de mer ou poil de nacre, et les habitants des rives de la mer Méditerranée et surtout ceux de Smyrne et de la Sicile, en font des étoffes remarquables par la beauté de leur couleur naturelle qui présente les reflets de la nacre, et par leur légèreté.

Oh! que j'aimerais d'avoir une robe filée par une pinne-marine, dit la petite Juliette, et puis il faut encore ajouter à tout cela les perles fines dont on fait de si beaux colliers.

Allons, reprit son père, je suis bien aise de voir que tu ne gardes pas rancune aux perles fines de ce qu'elles ne se trouvent pas dans les moules de T., bien que les coquilles qui les produisent et que l'on

219

nomme pour cette raison margaritifères, ou porteuses de perles, soient de l'espèce des moules. La nacre de perle, dont on fait de si jolis objets, vient aussi des parois intérieures de certaines coquilles. J'aurais encore des choses très curieuses à vous dire sur plusieurs mollusques, mais il me semble que voilà bien assez d'histoire naturelle pour ce soir, et qu'il faut remettre le reste au premier jour de pluie. D'ici là nous aurons, j'espère, quelques belles coquilles, car je compte aller bientôt au Hâvre, et j'y ferai probablement quelques emplettes. Cette promesse causa une grande joie à toute la société, et lorsque les deux petites filles furent couchées, on termina la soirée par une lecture intéressante.

NOUVEAU

MAGASIN DES ENFANTS.

LA COLLECTION DE COQUILLES.

SECONDE PARTIE.

Je compte si bien sur la mémoire de mes jeunes lecteurs, que je vais reprendre mon histoire tout juste où je l'ai laissée : Je leur dirai donc que M. Ferval, pressé d'accomplir la promesse qu'il avait faite d'aller acheter de belles coquilles au Hâvre, profita du retour du premier bateau à vapeur qui vint à T. pour faire cette courte traversée. La soirée était superbe, et après avoir accompagné M. Ferval jusqu'au bateau, on se fit un plaisir d'aller sur la plage pour le suivre des yeux jusqu'au Hâvre, dont on distinguait parfaitement les deux fanaux et les principaux édifices. La mer avait laissé ce jour-là à découvert un assez grand nombre de coquilles, mais l'ardeur que nos jeunes amis mettaient à les ramasser ne les empêchait pas de regarder souvent le bateau à vapeur qui s'avançait rapidement vers le Hâvre. Tout d'un coup Juliette s'écrie : « Eh ! voilà papa dans le soleil ! » A cette exclamation singulière, tout le monde chercha des yeux le bateau qui paraissait en effet au beau milieu du soleil, qui, prêt à se coucher, touchait la mer à l'horizon. Arthur expliqua grave-

ment à sa petite sœur que cette apparence tenait à la forme arrondie de la
terre, de sorte que le bateau, qui semblait
être dans le soleil, en était réellement à
plus de trente millions de lieues, et que
son père n'avait rien à craindre de sa
chaleur. Juliette ne mit pas en doute les
décisions de la science, mais elle fut cependant fort aise de voir que le bateau
sorti du soleil, qui venait de disparaître
entièrement, était arrivé heureusement
dans le port du Hâvre.

En retournant à la maison on fit mille
conjectures sur les coquilles que M. Ferval rapporterait. Juliette désirait une
harpe et s'attendait presque à lui voir des
cordes dont elle pourrait tirer des sons.
Gustave, qui avait des goûts très guerriers,
aurait voulu voir arriver un beau casque,
ou bien l'une de ces jolies coquilles auxquelles on a donné le nom de *Camp,* parce

qu'on croit voir dessiné dessus un camp avec toutes ses tentes. Marie opinait pour les pinnes-marines, pour l'amour de la belle étoffe que l'on fait avec le poil de nacre qu'elles filent, et Arthur, qui avait lu de belles descriptions de ces cônes auxquels on a donné les noms pompeux de l'Impérial, l'Amiral, le Drap d'or, le *Cedo nulli* (je ne le cède à aucun), aurait voulu avoir une de ces précieuses coquilles en sa possession ; mais Eugénie lui rappela ce que disait le livre du prix élevé de ces coquilles, et de ce beau *cedo nulli* qui s'était vendu mille francs, et alors il se rabattit modestement sur une olive, ou une porcelaine distinguée.

Le lendemain matin, nos enfants eurent l'agréable surprise de voir arriver Marianne avec un panier tout plein de coquilles. Jeanneton, qui était venue deux jours auparavant apporter des œufs de ses

poules, et qui avait trouvé Marie et Juliette fort occupées à nettoyer des coquilles, l'avait raconté à sa mère, et Marianne, qui saisissait avec empressement
toutes les occasions de témoigner sa reconnaissance à la famille Mercourt, était
allée de grand matin avec ses enfants sur
un point de la côte assez éloigné, et avait
fait une bonne récolte. Eugénie vida le
panier sur la table, et Gustave admira
beaucoup de beaux manches de couteaux
bien blancs et bien entiers, tandis que
Marie s'empara d'un gros buccin qu'elle
approcha de son oreille pour entendre le
bruit que l'air produisait en pénétrant
dans cette cavité. Il y avait aussi un
grand nombre de cames et de tellines
blanches, roses et violettes, qui firent
grand plaisir à Eugénie, parce que madame Ferval lui avait promis de lui apprendre à faire de jolis petits coffrets avec
les coquilles qui ne seraient point admises
dans la collection.

Dès le soir même on se mit à l'ouvrage, et l'on devine bien que tous les enfants voulurent prendre part à cette amusante fabrication. Après le plaisir de tripoter de la terre et de l'eau, il n'en est guère de plus grand pour les enfants que celui de tripoter de la colle, et les mamans permirent de coller toute la soirée, à condition que l'on mettrait des tabliers à manches pour garantir les vestes et les robes, et des serviettes sur la table, afin que les plats et les assiettes n'y demeurassent pas attachés le lendemain matin ; car le luxe n'avait pas encore fait assez de progrès à T. pour que l'on eût un autre salon que la salle à manger, et une autre grande table que celle qui servait pour les repas.

Mes petits lecteurs me sauront sûrement bon gré de les initier aux mystères de la fabrication des boîtes en coquilles. Je leur dirai donc que l'on commença par acheter une douzaine de boîtes en carton,

194

carrées, rondes, ovales, grandes et petites,
comme on les trouva, et comme on fut
bien content de les trouver, car deux ans
auparavant il n'aurait pas pu être question de semblable emplette à T. On fit fon-
dre de la colle de poisson, et puis mettant
un peu de cette colle avec un pinceau sur
les boîtes, on y posa les coquilles avec
plus ou moins de soin et de régularité,
selon les divers degrés de talent et d'a-
dresse des personnages. On remplit ensuite les interstices avec une poudre que
l'on fit en écrasant les coquilles défec-
tueuses. On devinera sans peine que la
boîte d'Eugénie fut la plus jolie. Elle était
ovale, et Eugénie avait mis au milieu du
couvercle un madrépore assez grand ; des
deux côtés deux belles vis, et tout autour
un rang de petits buccins ; le reste de la
boîte était couvert de deux rangées de tellines blanches, et le tout faisait un très joli
effet. Quant à Marie, Arthur la piqua vi-

vement en lui disant que sa boîte ressemblait à un gâteau d'amandes bien saupoudré de sucre : elle avait en effet un peu trop prodigué la poudre de coquilles. La pauvre Juliette avait mis plus de colle sur ses doigts que sur sa boîte, de sorte qu'elle s'accrochait à tout, et que lorsqu'elle saisit son couvercle d'un air triomphant pour le faire admirer à sa maman, un grand nombre de coquilles, qu'elle croyait bien collées, tombèrent par terre. Je laisse à penser quels éclats de rire firent les malins petits garçons ; mais la bonne Eugénie la consola de son mieux en l'aidant à réparer ce désastre. Elle était la seule qui eût fini sa boîte, et l'on ne put décider les enfants à s'aller coucher qu'en leur promettant de tolérer encore la colle le lendemain.

Quelques-uns de mes lecteurs, gens graves et appliqués qui songent à l'utile aussi bien qu'à l'agréable, demanderont peut-être si l'étude du latin ne souffrait pas un peu de cette grande passion d'histoire naturelle qui s'était emparée de toute notre petite colonie : nous les rassurerons en leur disant que M. Ferval et madame Mercourt avaient eu soin d'établir le sage et prudent règlement que l'on ne s'occuperait des coquilles, soit pour en aller chercher, soit pour les laver et les ranger, que lorsque les différents devoirs des enfants seraient faits, et bien faits. Cet avertissement avait généralement produit son effet ; mais nous devons pourtant avouer qu'un thème fait à la hâte, une version pleine de contre-sens, ou une leçon qu'il avait fallu faire répéter deux ou trois fois avant qu'elle fût bien sue, avaient interrompu à plusieurs reprises les travaux de la collection. Juliette et Marie avaient comme les autres leurs petites occupations, et là aussi il y avait du

haut et du bas ; on faisait quelquefois des
additions qui n'étaient pas bien justes ; on
commettait assez souvent des erreurs de
quelques centaines de lieues en répétant
les leçons de géographie ; on mettait, par
exemple, le Caire dans les Indes et Cal-
cutta dans la Chine, et l'on ne savait pas
toujours bien exactement la différence
qu'il y a entre un golfe et un cap. Mais
comme il y avait pourtant assez de bonne
volonté, les mamans étaient indulgentes,
et il aurait fallu que les petites filles fis-
sent de bien grosses sottises pour qu'on
les privât du grand plaisir de tripoter les
coquilles qu'on avait laissées à leur disposi-
tion. Elles s'amusaient aussi beaucoup à
jouer à la marchande, et à peser les cerises et les fraises qu'on leur donnait pour
leur goûter, avec de jolies balances que
leurs frères leur avaient faites avec de
grandes coquilles attachées avec des ru-
bans roses.

M. Ferval revint du Hâvre le jour qu'il avait indiqué, à la grande satisfaction des enfants. Comme on peut bien le penser, on l'accabla de questions sur les emplettes qu'il avait faites; mais il déclara positivement qu'il ne montrerait ni ne dirait rien que le soir, lorsque tout le monde serait réuni autour de la table, et il fallut bien se soumettre à ce qu'on ne pouvait changer. La journée parut assez longue à Gustave et à Arthur, qui étaient les amateurs de coquilles les plus déterminés; mais le soir si désiré arriva enfin. On se mit autour de la table; M. Ferval ouvrit une boîte assez grande et en tira d'abord un beau casque qui charma Gustave, puis une belle coquille bivalve blanche toute hérissée de pointes piquantes, et que pour cette raison on appelle, je crois, vulgairement Hérisson, et il recommanda bien de la regarder plutôt que de la toucher, parce que les pointes étaient fort délicates. Ensuite vint un grand peigne ou coquille de Saint-Jacques, et plusieurs cônes assez beaux, bien qu'ils ne fussent pas aussi précieux que l'orgueilleux *cedo nulli*. Les petites filles furent enchantées d'une arche de Noé, coquille bivalve que l'on nomme ainsi parce qu'elle présente à peu près la forme d'un vaisseau qui n'aurait ni mâts ni agrès. On vit après cela sortir de la boîte une coquille blanche qui a l'apparence et le nom d'un œuf frais, une nérite saignante, vulgairement nommée Dent saignante, parce qu'on croirait voir réellement dans cette coquille une petite dent qui saigne. On admira beaucoup des olives, des harpes et plusieurs belles porcelaines, et M. Ferval en fit remarquer une blanche ou jaunâtre qui servait jadis de monnaie en certains pays, sous le nom de Cauris, avant que les relations avec l'Europe eussent introduit l'emploi de l'or et de

l'argent. Enfin, après quelques belles coquilles nacrées et d'autres moins remarquables, que nous passerons sous silence,
M. Ferval sortit, la dernière, comme la
pièce la plus curieuse, une charmante
coquille cannelée de la forme d'un navire,
et presque aussi mince et aussi légère que
du papier, ce qui lui a fait donner le nom
de *Nautile papyracée*, navire de papier.
Lorsqu'on l'eut bien admirée, et qu'on
les eut toutes passées eu revue une seconde fois, M. Ferval réclama le silence
pour donner quelques détails sur le poulpe
surnommé Argonaute, habitant de cette
élégante nautile qui avait réuni tous les
suffrages. Lorsque tout le monde fut en
place, il commença ainsi : Vous saurez,
mes enfants, qu'il n'est point d'histoire
plus curieuse que celle du poulpe qui habite cette coquille, et que l'on a surnommé
l'Argonaute ou le Navigateur, par des rai-
sons que vous comprendrez tout à l'heure ;

201

mais cette histoire est en même temps si singulière, que bien qu'elle ait été écrite fort en détail par les anciens, on l'a regardée bien longtemps comme une fable. Figurez-vous donc, dans cette jolie nacelle transparente comme du papier, un animal qui se dirige en présentant au vent une membrane qui lui sert de voile, et qui place sur chaque bord quatre bras alongés qui font l'office de rames. Lorsque l'Argonaute, qui est, comme vous le voyez, au moins aussi habile que nos pêcheurs de T., s'aperçoit de l'approche d'un ennemi, il rentre aussitôt en dedans sa voile et ses rames, et fait chavirer sa nacelle; mais, quand le danger est passé, il reparaît sur l'eau et continue son voyage.

Ah! papa, s'écria Juliette, que j'aimerais voir une flotte entière de ces jolis vaisseaux voguer sur la mer, voiles déployées !

202

Ce doit être en effet un charmant spectacle, dit madame Ferval, et je voudrais bien avoir quelques autres détails sur un animal si curieux.

Volontiers, répondit M. Ferval : J'ai lu dernièrement l'article qui concerne ce mollusque dans un dictionnaire d'histoire naturelle. Les poulpes, qui appartiennent comme les sèches et les calmars, dont nous avons déjà parlé, à la classe des céphalopodes, ou animaux qui ont les pieds au-dessus de la tête, ont une forme assez singulière. Leur manteau, qui est mou et flexible, n'a point de replis qui puissent former des espèces de nageoires, comme pour les sèches et les calmars. Leur bouche est au fond d'une sorte d'entonnoir oblique dont le bord antérieur est divisé en quatre paires de longues laniaires musculaires garnies d'un grand nombre de ventouses qui se nomment tentacules;

203

et qui lui servent de pieds et de bras. Ils ont deux yeux très grands, saillants et sans paupières. Au fond de l'entonnoir formé par les tentacules, se trouve une bouche ronde, percée dans une sorte de lèvre circulaire d'où sortent deux mâchoires en forme de bec de perroquet. Les poulpes cachent leurs corps dans les creux des rochers, et ne laissent sortir que leurs bras avec lesquels ils saisissent leur proie ; et ils s'y attachent si fortement au moyen des ventouses dont leurs bras sont garnis, qu'on ne peut les arracher qu'en coupant leurs bras. Un auteur a raconté qu'il avait vu un poulpe se battre pendant une heure avec un crabe avant de parvenir à en faire sa proie. Ces animaux se tiennent cachés pendant l'hiver ; leur chair est plus dure que celle des calmars, et il faut la frapper longtemps pour l'amollir avant de pouvoir la manger. On ne sait pas encore bien positivement si le poulpe produit lui-même sa coquille, ou s'il l'habite par droit de conquête, comme ce Bernard l'ermite dont nous avons déjà parlé.

Je voudrais bien savoir, dit Gustave, si l'on connaît les animaux de toutes les coquilles ?

Non, mon ami, répondit M. Ferval, il s'en faut de beaucoup. On connaît les animaux des vis, des buccins, des porcelaines, mais celui qui habite la harpe et un grand nombre d'autres sont encore entièrement inconnus. Ce n'est pas une étude facile que celle qui a pour objet des animaux qui se cachent dans les profondeurs de la mer. Que de choses ignorent les plus savants d'entre les hommes, et que de mystères encore pour eux, même dans celles des créatures qu'ils ont le plus étudiées ! Plus on examine les œuvres de Dieu, plus on a sujet d'admirer cette sagesse si merveilleuse qui a peuplé d'êtres si divers de formes et de grandeurs ce monde que nous habitons, et qui a donné aux plus petits comme aux plus grands les différents organes dont ils ont besoin pour respirer, pour pourvoir à leur subsistance, pour digérer leur nourriture et pour se défendre contre leurs ennemis. Ainsi parmi ces mollusques que nous étudions en ce moment, quelle différence, par rapport à l'intelligence, entre ces poulpes qui vont à la recherche de leur proie et s'en emparent au moyen de tant de ruses, et les huîtres qui demeurent attachées aux rochers et ne font d'autre mouvement que celui d'entr'ouvrir leurs valves pour recevoir l'eau de mer qui contient les animaux imperceptibles dont elles se nourrissent ! Il existe la même variété dans la manière de se mouvoir de ceux d'entre ces animaux qui peuvent changer de place. Les uns nagent à l'aide d'espèce de nageoires, d'autres voguent à la surface des eaux, poussés par le courant ou par le vent, soit au moyen d'une sorte de vessie, soit en déployant une voile formée par le rebord de leur manteau, comme nous l'avons vu pour les poulpes. D'autres mollusques encore, en beaucoup plus grand nombre, rampent en quelque sorte à la surface du sol au moyen d'un pied ou disque musculaire qu'ils ont sous le ventre, ce qui leur a fait donner le nom de Gastéropodes, de *gaster*, estomac, et de *podes*, pieds. Ces gros limaçons jaunes, sans coquilles, que nous avons vus se traîner dans les lieux humides, appartiennent à cette classe. Cet animal, qui n'a rien d'agréable à la vue, est très curieux à étudier; il a sur la tête quatre cornes qui peuvent rentrer au dedans, et les deux plus longues portent ses yeux; il coupe les feuilles et

207

les fruits dont il se nourrit à l'aide d'une seule dent qui a la forme d'un croissant. Les parties de son corps, et même ses yeux et sa bouche, se reproduisent lorsqu'elles ont été coupées.

Que cela est singulier! s'écria Marie. Est-ce que pareille chose arrive à d'autres animaux?

Certainement, dit Gustave. J'ai lu quelque part que lorsqu'on coupe les pattes aux écrevisses, elles repoussent très peu de temps après.

Plusieurs autres animaux possèdent la même faculté, dit M. Ferval : les poissons peuvent reproduire leurs nageoires, et certains oiseaux leurs crêtes.

Comment! dit Juliette, si le joli coq blanc de Jeanneton perdait sa crête, il lui en reviendrait une autre?

Certainement, mon enfant, lui répondit son père. En Espagne on profite de cette faculté qu'ont les crabes de renouveler leurs pattes. On va à la recherche d'une espèce de crabes qu'on nomme *Boccace*, et quand on en trouve de gros, on leur casse les pattes de devant, et on leur rend ensuite la liberté. On vend ainsi au marché des pattes de crabes qui vivent encore, et qui en produiront probablement d'autres pour l'année suivante.

Les crabes sont-ils des mollusques? demanda Arthur.

Non, mon ami, ils appartiennent à une autre classe d'animaux qu'on appelle crustacés ou encroûtés, et sur lesquels je vais vous donner quelques détails. Ils ressemblent aux mollusques, en ce qu'ils ont généralement une peau très molle qui est recouverte d'une enveloppe dure ; mais

209

outre que cette enveloppe, qui se termine ordinairement en queue, n'est pas de la même nature que les coquilles, les crustacés se distinguent des mollusques, en ce qu'ils sont articulés. Ils diffèrent aussi des insectes, en ce qu'ils sont pourvus d'organes particuliers attachés à la base des pattes et destinés à la respiration de l'eau, que l'on nomme branchies. Presque tous les crustacés vivent dans l'eau, et se nourrissent de matières animales. Leur bouche est composée d'un grand nombre de mâchoires garnies chacune d'une palpe, ou de parties qui se meuvent en travers ; et outre cela, ils ont quelquefois dans l'estomac des dents qui broient une seconde fois les aliments. Leur tête est le plus souvent unie et confondue avec le corselet. Elle porte ordinairement quatre antennes, et ils ont des yeux mobiles et en facettes, et un organe de l'ouïe très simple. Parmi ces animaux, il en est qui n'ont qu'un œil, et qu'on a nommés pour cette raison Cyclopes; on a donné le nom de Polyphèmes à une autre espèce chez qui cet œil est très grand, et qui ont deux bras alongés. Les lyncés ont au contraire deux yeux distincts placés l'un au-devant de l'autre comme les deux verres d'une lorgnette. Leur tête a la forme d'un bec, ce qui leur a fait donner le nom de Perroquets d'eau. Quelquefois, pendant l'été, les eaux dormantes et croupissantes sont tellement remplies d'une espèce de lyncés qui sont rouges, qu'on croirait que ces eaux sont changées en sang.

Les écrevisses aussi sont rouges, dit Juliette.

Oui, mon enfant, lorsqu'on les a fait cuire, lui répondit sa mère; car lorsqu'elles sont vivantes, elles sont d'un

vert foncé, ou d'un brun rougeâtre beaucoup moins agréable à la vue que le beau
rouge vif que leur donne la cuisson.

Vous ne savez probablement pas, mes
enfants, reprit M. Ferval, que de même
que tous les crabes, l'écrevisse dont on
vient de parler change de croûte au
printemps, comme les insectes changent
de peau. Cette mue est une œuvre labo-
rieuse et pénible pour l'écrevisse. Elle s'y
prépare par le jeûne, afin que son corps
amoindri puisse sortir plus facilement de
son enveloppe. Lorsque l'heure de délo-
ger est arrivée, l'écrevisse se donne beaucoup de mouvement, elle frotte ses pattes
l'une contre l'autre, agite sa queue, et
s'efforce enfin de tout son pouvoir de se
détacher entièrement de son enveloppe.
Lorsqu'elle est prête à sortir, elle par-
vient en se gonflant à fendre l'écaille qui
couvre le devant de son corps, et elle sort

peu à peu de sa croûte. La dernière opération qu'elle ait à faire, et celle qui lui donne le plus de peine, c'est d'en retirer sa queue.

Je n'en suis pas étonné, dit Gustave, car on a bien de la peine à dépouiller la queue de l'écrevisse de cette croûte pour la manger. Mais cette pauvre écrevisse ne doit pas être fort à son aise lorsqu'elle est ainsi toute nue. Est-ce qu'elle reste bien longtemps à se faire un nouveau vêtement?

Non, mon ami, répondit M. Ferval. Lorsque l'écrevisse n'a plus qu'une peau mince, elle sent qu'elle n'est pas en état de courir les aventures, et elle se hâte de se réfugier dans quelque creux de rocher où elle reste vingt-quatre heures sans faire aucune espèce de mouvement. Pendant ce temps-là sa peau se durcit et se

213

transforme en une nouvelle croûte qui devient bientôt aussi dure que la première.

Les plus grands des crustacés sont les limules : on les trouve dans les mers des Indes et de l'Amérique ; leur corps est recouvert d'un grand écusson de corne terminé par une espèce de queue. Les nègres font souvent de cette coquille une casserole, et la queue leur sert de manche. Il y a plusieurs crustacés qui vivent en parasites sur des poissons. On cite entre autres une espèce de crabes qui vit habituellement dans les coquilles des mollusques bivalves et surtout des moules, ce qui lui a fait donner le nom grec de *Pinnothère*, qui signifie pourvoyeur de la moule. On a même prétendu que le pinnothère était, en quelque sorte, la sentinelle de la moule, et que, lorsqu'elle tenait ses valves ouvertes pour recevoir l'eau de la mer, il allait épier ce qui se passait aux environs, revenait au plus vite avertir son hôtesse de l'approche du poulpe, son plus cruel ennemi, et rentrait avec elle dans sa coquille, qui se refermait aussitôt. On a ajouté que lorsqu'il trouvait la porte fermée, il poussait un petit cri pour se faire ouvrir ; mais tout ceci est encore fort douteux.

Je voudrais que ce fût vrai, dit Eugénie, car cette réciprocité de bons offices entre ces deux animaux a quelque chose de très intéressant.

Nous finirons notre revue par un crustacé que vous connaissez tous, dit M. Ferval, car vous le voyez toujours arriver avec plaisir sur la table, c'est la crevette. On nomme les plus communes *Cardons*, et vous ne serez pas étonnés d'apprendre qu'on les appelle aussi Sauterelles de mer, car vous vous êtes amusés plus d'une fois à les voir sauter sur la plage. Vous avez

215

pu remarquer que la corne de leur enveloppe est courte et non dentelée, tandis que la belle espèce de crevettes qu'on nomme Sallicoques ou Bouquet, a une corne alongée et dentelée en dessus et en dessous, qui pique souvent les doigts.

Mon père, dit Arthur, vous ne nous avez rien dit des polypes, ces animaux singuliers que l'on coupe par morceaux, et dont chaque morceau redevient un animal entier.

Si je ne vous ai pas parlé des polypes, répondit M. Ferval, c'est parce qu'ils ne sont ni des mollusques, ni des crustacés: ils appartiennent à une autre classe d'animaux très curieux qu'on appelle zoophytes, c'est-à-dire animaux-plantes, parce qu'ils forment le chaînon qui unit le règne animal au règne végétal dans la grande chaîne des œuvres de Dieu. Il est

216

trop tard ce soir pour entamer ce nouveau sujet ; nous pourrons y revenir une autre fois.

Oh ! oui, oui, s'écria Gustave, et vous nous parlerez aussi des madrépores et des fossiles L'histoire naturelle m'amuse tant, que je passerais volontiers toutes mes récréations à entendre raconter l'histoire de ces animaux qui sont si curieux.

Toutes tes recréations ! mon cher Gustave, dit alors madame Mercourt : je crois que tu appellerais bientôt de cette décision, et tu aurais raison ; car les enfants ont besoin de sauter, de courir, de jouer tout aussi bien que de s'instruire, et il y a du temps pour tout dans une vie bien ordonnée. Ce que je voudrais surtout, mes chers enfants, c'est de vous voir bien comprendre que lorsque nous étudions quelque portion des œuvres merveilleuses de

Dieu, nous ne devons pas seulement avoir pour but de satisfaire notre curiosité, et encore moins de nous énorgueillir de ce que nous savons ce que d'autres ignorent, mais de nous humilier devant Dieu dans la pensée de notre petitesse et de notre ignorance, et d'exalter la puissance, la sagesse et la bonté de Celui qui a pu dire en voyant tout ce qu'il avait créé, que tout était très bon. Puisse-t-il nous donner à tous les sentiments qui inspiraient à son serviteur David ces belles paroles : « O Eternel ! que tes œuvres sont en grand nombre ! Tu les as toutes faites avec sagesse ; la terre est pleine de tes richesses, et cette mer grande et spacieuse, où il y des animaux agiles sans nombre, gros et petits. Tes créatures s'attendent toutes à toi, afin que tu leur donnes la nourriture en leur temps ; quand tu la leur donnes elles la recueillent, et quand tu ouvres ta main elles sont rassasiées de biens. Caches-tu ta face ? elles sont troublées. Retires-tu leur souffle ? elles défaillent et retournent en leur poudre ; mais si tu renvoies ton Esprit, elles sont créées de nouveau et tu renouvelles la face de la terre. Que la gloire de l'Eternel soit célébrée à toujours, et que l'Eternel se réjouisse en ses œuvres ! (Psaume CIV.)

NOUVEAU
MAGASIN DES ENFANTS,

5 vols. grand in-32, ornés de vignettes,
prix, 1 fr. le volume;
numéros séparés, 15 c. et 12 fr. le cent.

Pour faciliter la distribution de cet ouvrage dans les écoles, on a rangé les numéros qui forment les cinq volumes par ordre de matières, de manière à former cinq ouvrages séparés, sous ces titres :

1. GÉOGRAPHIE DU PAYS D'ISRAEL,
Avec Carte, Plans et Vignettes, ouvrage adopté par le Conseil royal d'Instruction publique.

2. FRAGMENS D'HISTOIRE NATURELLE,
Ouvrage adopté par le Conseil royal d'Instruction publique.

3. HISTOIRES POUR LES ENFANTS DE CINQ A NEUF ANS.

4. HISTOIRES POUR LES ENFANTS DE DIX A QUATORZE ANS.

5. ENTRETIENS SUR L'HISTOIRE SAINTE.

Paris, Imprimerie de J. Smith.

www.ingramcontent.com/pod-product-compliance
Lightning Source LLC
Chambersburg PA
CBHW051821020726
47502CB00005B/1572